래러미 프로젝트

그리고

래러미 프로젝트: 십 년 후

래러미 프로젝트

모이세스 코프먼과
텍토닉 시어터 프로젝트

The Laramie Project
Moisés Kaufman and the Members of
the Tectonic Theater Project

그리고

래러미 프로젝트: 십 년 후

모이세스 코프먼, 리 폰다카우스키,
그레그 퍼라티, 앤디 패리스, 스티븐 벨버

The Laramie Project: Ten Years Later
Moisés Kaufman, Leigh Fondakowski,
Greg Pierotti, Andy Paris, Stephen Belber

마정화 옮김

열화당

차례

래러미 프로젝트

모이세스 코프먼과
텍토닉 시어터 프로젝트

책임 작가
리 폰다카우스키

보조 작가
스티븐 벨버, 그레그 퍼라티, 스티븐 웽

드라마투르그
어맨다 그로닉, 세라 램버트,
존 매캐덤스, 모드 미첼,
앤디 패리스, 바버라 피츠,
켈리 심킨스

와이오밍 주 래러미의 주민들과
매슈 셰퍼드에게 바칩니다.

머리말

마침내, 지금 만들거나, 지금 발견하는 것만이 아니라,
저 멀리에 이미 세워진 것들도
우리 스스로의 정체성에 더해지도록, 평범하게, 끝없이, 자유롭게.[1]
월트 휘트먼Walt Whitman

어떤 사건으로 인해 그 사회와 문화에 만연한 다양한 이데올로기나 믿음에 날카롭게 집중해야만 하는 역사적인 순간이 있다. 바로 이 지점에서 사건은 사회의 철학과 믿음의 정수를 끌어당겨 증류하는 피뢰침 같은 것이 되어 버린다. 그때 사람들이 하는 말에 세심한 주의를 기울인다면, 그 만연한 생각들이 단지 개인의 삶뿐만이 아니라 넓게는 사회 문화에 어떤 영향을 끼치는지 들을 수 있게 된다.

오스카 와일드Oscar Wilde의 재판[2]이 바로 그런 사건이었다. 재판 기록을 읽으면서(「거대한 외설Gross Indecency」[3]을 쓰려고 준비하는 동안), 당시 전반적인 문화를 조명하는 말의 명료함에 충격받았다. 그 서류에서 와일드로 인해 드러난 문제를 다루는 공동체의 모습을 볼 수 있었고, (세 세대 이전 사람들인) 빅토리아 시대 남성과 여성이 문화의 주춧돌을 세우고 그들의 삶을 지배했던 이데올로기, 성향과 철학에 관해, 자신들의 언어로 우리에게 말하는 것을 들을 수 있었다.

매슈 셰퍼드Matthew Shepard를 잔인하게 살해한 범죄가 바로 그러한 종류의 사건이었다. 그 사건의 즉각적인 여파로, 동성애, 성 정치

학, 교육, 계급, 폭력, 특권과 권리, 그리고 관용과 수용의 차이에 대해 어떻게 생각하고 말하는지 모든 걸 드러내 놓고 대화하기 시작했다.

원래 「래러미 프로젝트The Laramie Project」는 매슈 셰퍼드가 왜 살해되었고, 그날 밤 무슨 일이 일어났으며, 래러미 마을이 어떤 곳인지 더 알고 싶다는 나 혼자의 생각에서 비롯되었다. 마을 사람들이 말하는 것을 직접 들어 보고 싶었다. 래러미는 미국의 다른 도시들과 어떤 면에서 다르며 또 어떤 면에서 비슷한가.

살해사건 직후, 같이 작업하는 극단인 '텍토닉 시어터 프로젝트Tectonic Theater Project'에 이 질문을 던졌다. 공연 예술가로서 우리는 이러한 사건에 어떻게 대응할 수 있는가. 그리고 좀 더 구체적으로 연극은 현재 일어나는 사건에 대한 국가의 담화에 기여할 수 있는 매체인가.

이러한 고민들은 당연히 텍토닉 시어터 프로젝트의 사명과도 맞아떨어진다. 극단으로서 우리가 하는 모든 프로젝트는 두 가지 목적을 가진다. 첫째, 당면한 주제를 검토하고, 둘째, 연극 언어와 형식을 탐구한다. 영화와 텔레비전이 끊임없이 그들의 도구와 장치를 다듬고 재정의하는 시대에, 연극은 너무 자주 십구세기 사실주의와 자연주의 전통에 파묻힌 채로 존재한다. 이러한 의미에서 우리의 관심은 연극을 어떻게 만들고 어떻게 이야기할지에 대한 대화를 계속해 나가는 것이었다. 그리고 나 스스로 이러한 형태의 연극에 관심이 많았다. 즉 극단이 어딘가로 가서 사람들과 이야기하고, 돌아와서 보고 들은 것으로 연극을 만드는 것이다. 그 당시 오랫동안 읽지 않았던 브레히트B. Brecht의 글 「거리의 장면Die Straßenszene」을 우연히 읽게 되었다. 그 글에서 브레히트는 다음과 같은 상황 모델을 사용했다. '교통사고를 목격한 사람이 사고가 어떻게 일어났는지를 다른 사람들에게 보여 주기.' 그는 이러한 모델에 기반을 두고 자신의 '서사극'에 대한 이론을 만들어 나갔다. 그 글에서 나는 창작과 미학적 언어의 측면에서 이 프로젝트를 어떻게 다루어야 하는지에 대한 아이디어를 얻었다.

그래서 나는 매슈 셰퍼드가 살해되고 사 주 뒤인 1998년 11월, 텍토닉 시어터 프로젝트의 단원 아홉 명과 함께 연극의 재료가 될 수도 있는 인터뷰를 모아 보려고 와이오밍 주의 래러미로 갔다. 이 프로젝트에 우리 삶의 이 년을 바치게 될 거라고 거의 생각지도 못한 채로 말이다. 우리는 여러 번 래러미로 되돌아가서 그때부터 일 년 반 동안 이백 건이 넘는 인터뷰를 진행했다.

연극은 콜로라도 주 덴버의 덴버 센터 시어터에서 첫 공연을 시작했다. 그런 다음 뉴욕의 유니온 스퀘어 시어터로 옮겨 갔다. 그리고 2000년 11월, 우리는 래러미에서 공연을 올렸다.

「래러미 프로젝트」를 만들었던 경험은 가장 슬픈 일이었고 가장 아름다운 일이었지만 어쩌면 무엇보다도 가장 중요한 것은 우리의 나라, 우리의 생각, 그리고 우리 자신에 관한 큰 깨달음이었다는 것이다.

모이세스 코프먼

모이세스 코프먼의 노트

「래러미 프로젝트」는 텍토닉 시어터 프로젝트만의 독특한 협업 방식으로 씌어졌다. 공연을 만든 일 년 반의 긴 과정 동안 극단 단원들과 함께 래러미를 여섯 번 방문해서 주민들과 인터뷰를 진행했다. 우리는 인터뷰를 받아 적고 편집한 다음, 여러 번의 워크숍을 진행했다. 워크숍에서 단원들은 이야기를 제시하고 연극을 만드는 드라마투르그dramaturg로 참여했다.

래러미를 방문할 때마다 내용이 늘어나면서 전체를 구성, 편집하고 래러미에서 필요한 조사를 더 진행해 희곡을 공동 창작하고자, 극단의 소규모 작가 그룹이 나와 밀접하게 협력하여 일을 시작했다. 이 그룹은 책임 작가인 리 폰다카우스키가 이끌었고 스티븐 벨버와 그레그 피라티가 보조 작가로 참여했다.

덴버 초연이 가까워지면서 스티븐 벨버와 그레그 피라티를 포함한 배우들은 좀 더 공연에 초점을 맞춰서 연습했고, 리 폰다카우스키는 보조 작가이자 벤치 코치bench coach로 합류했던 스티븐 웽, 그리고 나와 함께 희곡의 초안을 잡는 데 주력했다.

「래러미 프로젝트」는 텍토닉 시어터 프로젝트(예술감독 모이세스 코프먼, 무대감독 제프리 라호스트)가 덴버 센터 시어터 컴퍼니(예술감독 도노번 말리)와 공동으로, 2000년 2월 19일 콜로라도 덴버의 리켓슨 시어터에서 초연했다. 연출은 모이세스 코프먼, 무대 디자인은 로버트 브릴, 조명 디자인은 벳시 애덤스, 음악 작곡은 피터 골럽, 음향 디자인은 크레이그 브라이텐바흐, 영상은 마사 스웻조프, 의상 디자인은 모 셸, 조연출은 리 폰다카우스키, 프로젝트 어드바이저는 스티븐 웽이 맡았다. 출연진은 다음과 같다.

그레그 피라티—자신, 힝 경사, 필 라브리, 로저 슈미트 신부, 룰런 스테이시, 롭 드브리 형사, 조너스 슬로너커, 서술자, 앙상블.

메르세데스 헤레로—레지 플루티, 리베카 힐리커, 웨이트리스, 기자, 서술자, 앙상블.

바바라 피츠—자신, 캐서린 코널리, 에이프릴 실바, 주바이다 울라, 셰리 에넨슨, 루시 톰프슨, 아일린 엔겐(제2막), 서술자, 앙상블.

스티븐 벨버—자신, 오코너 박사, 맷 갤러웨이, 에런 매키니의 익명 친구, 빌 매키니, 앤드루 고메즈, 프레드 펠프스, 모르몬교 선지자, 콘래드 밀러, 서술자, 앙상블.

어맨다 그로닉—자신, 아일린 엔겐(제1막), 마지 머리, 침례교 목사, 트리시 스테거, 섀도, 기자, 서술자, 앙상블.

앤디 패리스—자신, 제더다이아 슐츠, 더그 로스, 캔트웨이 의사, 맷 미컬슨, 러셀 헨더슨, 에런 매키니, 필립 뒤부아(제2막), 케리 드레이크, 서술자, 앙상블.

존 매캐덤스—모이세스 코프먼, 필립 뒤부아(제1막), 스티븐 미드 존슨, 머독 쿠퍼, 존 피콕, 데니스 셰퍼드, 해리 우즈, 서술자, 앙상블.

켈리 심킨스—리 폰다카우스키, 재키 새먼, 앨리슨 미어스, 로메인 패터슨, 에런 크라이펠스, 티퍼니 에드워즈, 서술자, 앙상블.

「래러미 프로젝트」는 뒤이어 2000년 5월 18일, 뉴욕 시의 유니온 스퀘어 시어터(무대감독 앨런 슈스터, 마거릿 코터)에서 오프 브로드웨이 공연을 열었다. 게일 프랜시스와 아라카 그룹과 공동으로 로이 가베와 텍토닉 시어터 프로젝트가 제작했고 마라 아이작스와 하트 샤프 엔터테인먼트가 부제작을 담당했다. 연출은 모이세스 코프먼, 무대 디자인은 로버트 브릴, 조명 디자인은 벳시 애덤스, 음악 작곡은 피터 골럽, 영상은 마사 스웻조프, 의상 디자인은 모 셸, 조연출은 리 폰다카우스키, 프로젝트 어드바이저는 스티븐 웽이 맡았다. 출연진은 다음과 같다.

그레그 퍼라티—자신, 힝 경사, 필 라브리, 로저 슈미트 신부, 룰런 스테이시, 롭 드브리 형사, 조너스 슬로너커, 서술자, 앙상블.

메르세데스 헤레로—레지 플루티, 리베카 힐리커, 웨이트리스, 기자, 서술자, 앙상블.

바버라 피츠—자신, 캐서린 코널리, 에이프릴 실바, 주바이다 울라, 셰리 에넨슨, 루시 톰프슨, 아일린 엔겐(제2막), 서술자, 앙상블.

스티븐 벨버—자신, 오코너 박사, 맷 갤러웨이, 에런 매키니의 익명 친구, 빌 매키니, 앤드루 고메즈, 프레드 펠프스, 모르몬교 선지자, 콘래드 밀러, 서술자, 앙상블.

어맨다 그로닉—자신, 아일린 엔겐(제1막), 마지 머리, 침례교 목사, 트리시 스테거, 섀도, 기자, 서술자, 앙상블.

앤디 패리스—자신, 제더다이아 슐츠, 더그 로스, 캔트웨이 의사, 맷 미컬슨, 러셀 헨더슨, 에런 매키니, 필립 뒤부아(제2막), 케리 드레이크, 서술자, 앙상블.

존 매캐덤스—모이세스 코프먼, 필립 뒤부아(제1막), 스티븐 미드존슨, 머독 쿠퍼, 존 피콕, 데니스 셰퍼드, 해리 우즈, 서술자,

앙상블.

켈리 심킨스—리 폰다카우스키, 재키 새먼, 앨리슨 미어스, 로메인 패터슨, 에런 크라이펠스, 티퍼니 에드워즈, 서술자, 앙상블.

인물

그레그 퍼라티—텍토닉 시어터 프로젝트 단원.

길 엔겐과 아일린 엔겐—농장주, 남자는 육십대, 여자는 오십대.

더그 로스—래러미 모르몬 교회의 선지자, 와이오밍 대학교 교수, 오십대.

데니스 셰퍼드—매슈 셰퍼드의 아버지, 와이오밍 토박이, 사십대.

러셀 헨더슨—가해자 중의 한 명, 이십대.

리베카 힐리커—와이오밍 대학교 연극학과장, 중서부 말투를 쓴다. 사십대.

레지 플루티 경관—911 전화를 받은 경찰관으로 울타리에 묶인 매슈 셰퍼드를 발견했다. 사십대 후반.

로메인 패터슨—아주 젊은 레즈비언, 활기차고 적극적인 성격, 가죽 재킷을 입는다. 스물한 살.

로저 슈미트 신부—가톨릭 사제, 거침없이 말하는 성격, 넓은 음역대와 다채로운 음색을 가졌다. 사십대.

롭 드브리—올버니 카운티 보안관 사무실의 형사, 매슈 셰퍼드 살해 사건 담당 형사, 아주 저음의 목소리, 이 사건에 관여한 후 증오 범죄 피해자들의 국가적 옹호자가 되었다. 사십대.

루시 톰프슨—러셀 헨더슨의 할머니, 마을에서 인기있는 육아 서비스를 제공해 온 노동계급 여성, 육십대.

룰런 스테이시—콜로라도 포트 콜린스에 위치한 푸드르 밸리 병원 시이오CEO, 모르몬교도, 상냥하고 배려심 깊은 가정적인 남자, 사십대.

리 폰다카우스키—텍토닉 시어터 프로젝트 단원.

마지 머리—레지 플루티의 어머니, 폐기종이 있지만 계속 담배를 피운다. 칠십대.

맷 갤러웨이—파이어사이드 바의 바텐더, 와이오밍 대학교 학생, 매슈 셰퍼드가 파이어사이드 바에서 유괴된 밤에 바텐더로 일했다. 이십대.

맷 미컬슨—파이어사이드 바의 소유주, 낡은 카우보이 모자를 눌러 쓰고 있다. 삼십대.

머독 쿠퍼—농장주, 래러미 근처의 센테니얼 주민, 오십대.

모이세스 코프먼—텍토닉 시어터 프로젝트 단원.

언론과 신문사 사람들.

바버라 피츠—텍토닉 시어터 프로젝트 단원.

법정 집행관.

배심원과 배심원장.

빌 매키니—에런 매키니의 아버지, 트럭 운전수, 사십대.

사제—매슈 셰퍼드의 장례식 사제.

섀넌—에런 매키니의 친구, 남성, 이십대.

섀도—파이어사이드 바의 디제이, 흑인, 서른 살.

셰리 에넨슨—러셀 헨더슨의 집주인. 와이오밍 대학교에서 공부했지만 래러미의 경기 침체로 우리가 만났을 땐 웨이트리스로 일하고 있었다. 사십대.

셰리 존슨—대학교 행정 조교, 사십대.

스티븐 미드 존슨—유니테리언교 목사, 비꼬듯 말하고 냉소적이다. 오십대.

스티븐 벨버—텍토닉 시어터 프로젝트 단원.

어맨다 그로닉—텍토닉 시어터 프로젝트 단원.

앤드루 고메즈—래러미 출신의 라틴계 남자, 이십대.

앤디 패리스—텍토닉 시어터 프로젝트 단원.

앨리슨 미어스—마을 사회봉사기관에서 봉사활동을 한다. 마지 머리의 절친한 친구, 오십대.

에런 매키니—가해자 중의 한 명, 지붕 수리공, 스물한 살.

에런 크라이펠스—대학생, 열아홉 살.

에이프릴 실바—양성애자 대학생, 열아홉 살.

오코너 박사—리무진 기사. 주로 파티나 행사에서 사람들을 태워다 주거나, 여흥을 주선하고 제공하는 일을 한다. 오십대.

웨이트리스—데비 레이놀즈처럼 생겼다.

이메일 송신자.

익명—에런 매키니의 친구, 한때 마약에 빠졌으나 갱생, 철도에서 일한다. 이십대.

재키 새먼—와이오밍 대학교의 감사, 원래 텍사스 출신으로 짙은 억양이 남아 있다. 감정이 날것 그대로 항상 겉에 드러난다. 사십대.

제더다이아 슐츠—대학생, 열아홉 살.

제프리 록우드—래러미 주민, 지역 정치에 관심이 많다. 사십대.

젠—에런 매키니의 친구, 이십대.

조너스 슬로너커—동성애자 남성, 대도시에서 래러미로 이사 왔다. 플란넬 셔츠와 진을 입는다. 사십대.

존 피콕—매슈 셰퍼드의 지도교수, 정치학 교수, 삼십대 후반.

주바이다 울라—래러미에 사는 무슬림 여성, 호기심이 많고 열정적이다. 이십대.

진 프랫—러셀 헨더슨의 모르몬교 가정 방문 교사.

게링거 주지사—와이오밍의 공화당 주지사, 공인, 카우보이 모자를 쓴다. 마흔다섯 살.

침례교 목사—텍사스 출신, 오십대.

침례교 목사의 아내—사십대 후반.

판사 두 명.

프레드 펠프스 목사—캔자스 주에서 온 목사, '하나님은호모를싫어해' 홈페이지 운영, 육십대.

필 라브리—매슈 셰퍼드의 친구, 동유럽 말투를 쓴다. 이십대 후반.

필립 뒤부아—와이오밍 대학교 총장, 신부로서 장례식을 주관했다. 사십대.

칼 레루카—검사, 약간 말을 더듬는다. 오십대.

캐서린 코널리—커밍아웃한 레즈비언 대학 교수, 분석적이다. 사십대.

캔트웨이 의사—래러미 아이빈슨 기념 병원의 응급실 의사, 오십대.

케리 드레이크—『캐스퍼 스타 트리뷴Casper Star-Tribune』의 기자, 사십대.

콘래드 밀러—자동차 수리공, 삼십대.

크리스틴 프라이스—에런 매키니의 여자 친구, 에런과의 사이에 아들이 있다. 테네시 말투를 쓰고 젊다. 이십대.

트리시 스테거—로메인 패터슨의 언니, 마을에서 가게를 운영하고 있다. 지역 정치에 아주 활동적이다. 사십대.

티퍼니 에드워즈—지역 신문사 기자, 이 사건이 터졌을 때 대학교를 막 졸업했다. 에너지로 가득 찬 사람이다. 이십대.

해리 우즈—동성애자 대학 직원, 쉰두 살.

힝 경사—래러미 경찰서 형사, 사십대.

알림: 인물의 이름이 따로 명시되지 않은 경우는(예를 들어, 에런 매키니의 친구, 침례교 목사 등), 당사자의 요청에 따른 것이다.

무대에 관해서

무대는 공연 공간이다. 테이블과 의자만 몇 개 있다. 의상과 소품은 항상 눈에 띄게 놓여 있어야 한다. 배우들이 입은 옷이 기본 의상이다. 래러미 주민을 표현하는 의상은 셔츠, 안경, 모자처럼 단순해야만 한다. 인물을 암시해야지 재창조해서는 안 된다. 같은 맥락에서, 이 연극은 배우가 주도하는 사건이 되어야만 한다. 의상 변화, 무대 전환, 그리고 무대에서 일어나는 모든 일은 다 배우가 해야 한다.

텍스트에 관해서

우리는 희곡을 쓰면서 모이세스 코프먼이 '순간 작업moment work'이라는 이름으로 발전시킨 기술을 사용했다. 그것은 연극을 구조주의자적인 관점(또는 '텍토닉tectonic'적인 관점)에서 창조하고 분석하는 방식을 뜻한다. 그러한 이유로 이 희곡에 '장면scene'은 없고, 오로지 '순간moment'만 있다. '순간'은 장소의 변화, 배우나 인물의 등퇴장을 의미하지 않는다. '순간'은 단순히 연극적 시간의 단위이며, 그러므로 의미 전달을 위해 다른 단위와 병치된다.

장소

미국 와이오밍 주 래러미 시

시간

1998-1999년

제1막

순간: 의미

서술자 1998년 11월 14일, 텍토닉 시어터 프로젝트 단원들은 와이오밍의 래러미로 가서 주민들과 인터뷰를 진행했습니다. 그다음 해 동안, 여러 번에 걸쳐 래러미를 방문했고 이백 건이 넘는 인터뷰를 진행했습니다. 지금부터 여러분이 보실 연극은 그 인터뷰와 극단 단원들의 일지, 그리고 저희가 찾은 여러 텍스트를 편집한 것입니다. 단원 그레그 퍼라티입니다.

그레그 퍼라티 제 첫 인터뷰는 래러미 경찰서의 힝 경사였습니다. 인터뷰를 시작할 때 힝 경사는 자기 책상에 앉아서, 약간 이런 식으로 앉아 있었습니다. (힝 경사로 변한다.)

전 여기서 태어나 여기서 자랐죠.

제 가족이, 어, 삼대째죠.

1900년대 초에 조부모님이 이리로 이사를 오셨어요.

그렇게 해서 우리가 삼대, 음, 제 딸이 사대가 되는 거죠.

꽤 오래…. 살기 좋은 곳이죠. 사람들도 좋고, 땅도 넓고.

지금은 철도 때문에 와이오밍 남쪽으로 도시가 다 들어서고 자리잡았죠. 예전엔 기름과 물을 다시 채우기 전까지 갈 수 있는 가장 먼 곳이었거든요. 그리고, 어, 래러미가 주요 정차 지점이었죠. 그래서 도시들이 그렇게 멀리 떨어져서 자리잡은 겁니다. 여긴 이 나라에서 가장 큰 주 중의 하나이고, 그리고 가장 인구가 적은 곳이죠.

리베카 힐리커 여긴 도시와 사람 사이의 공간이 너무 넓어서, 곰곰이 생각할 시간이 굉장히 많아요.

서술자 리베카 힐리커, 와이오밍 대학교 연극학과장입니다.

리베카 힐리커 여기서 살면 행복해질 기회가 많습니다. 제가 전에 가르쳤던 중서부 사람들보다 여기 사람들이 더 친절하다는 걸 알게 되었죠. 왜냐하면 행복하니까요. 여기 사람들은 태양이 빛나서 기뻐해요. 그리고 여기선 아주 자주 빛나죠.

힝 경사 여기에는 전통적인 구식 농장주들이 살고 있습니다. 평생 여기 있을 사람들이죠. 래러미는 그 사람들이 필요한 물품이나 보급품을 가지러 오는 중심지거든요.

아일린 엔겐 모든 조상들이 우리에게 가르친 게 하나 있다면 땅을 관리하라는 거지요.

서술자 아일린 엔겐, 농장주입니다.

아일린 엔겐 땅을 잘 돌보지 않으면 땅이 망가지고, 그러면 삶을 잃어버리게 돼요. 그러니까 무엇보다도 먼저 땅을 돌봐 주고 할 수 있는 모든 방법으로 더 좋게 만들어야죠.

오코너 박사 난 여기 좋아하거든.

서술자 오코너 박사, 리무진을 몹니다.

오코너 박사 저 쓰레기 더미 같은 동부로는 절대 돌아가진 않을 거요. 여기서 제일 좋은 건 날씨지. 차갑고, 바람. 와이오밍 바람은 사람을 미치게 한다고 하지. 그렇지만 말이야. 난 별 상관없어. 음, 가끔은 성가셔도 대개는 상관없어.

힝 경사 그러고 나서, 어, 대학 인구가 생겨났죠.

필립 뒤부아 대도시 두 곳에서 살아 보고 여기로 이사 왔습니다.

서술자 필립 뒤부아, 와이오밍 대학교 총장입니다.

필립 뒤부아 거기도 정말 좋았죠. 그렇지만 해가 진 다음에 아이들을 밖에 내보내는 건 미친 짓이었어요. 그리고 여긴, 여름이면 밤 열한시까지 밖에서 놀지만 신경 써 본 적도 없어요.

힝 경사 그리고 무엇보다도, 래러미에 사는 사람들이 있죠.

재키 새먼 텍사스 시골에서 이리로 이사 왔어요.

서술자 재키 새먼, 래러미 주민입니다.

재키 새먼 음, 래러미에선요. 직접 알지 못해도, 그 사람을 아는 누군가를 당연히 알아요. 그래서 모른다고 해도 한 다리만 건너면 아는 거예요. 그리고 전, 그게 정말 좋아요! 제 말은요, 전 마트 가는 걸 정말 좋아하는데, 왜냐하면 갈 때마다 네 사람이나 다섯 사람, 여섯 사람을 만나거든요. 그리고 사람들이 제 일을 아는 거 정말 상관없어요. 제가 어때서요? 제 말은, 기본적으로 저 괜찮게 살거든요.

오코너 박사 기차도 좋아하죠. 날 귀찮게 안 하거든. 음, 가끔은 귀찮지만, 대개는 별 그렇지 않지. 뭐 내가 사는 데를 십삼 분마다 지나가는 기차가 하나 있긴 하지만….

서술자 박사는 사실 보슬러에 삽니다. 그렇지만 래러미의 모든 사람들은 그를 알죠. 또 진짜 박사는 아니에요.

오코너 박사 소를 싣고 다니곤 했는데… 그 기차 말이오. 이제는 전부 다 기저귀와 자동차만 싣고 다니지.

에이프릴 실바 전 와이오밍 코디에서 자랐어요.

서술자 에이프릴 실바, 대학생입니다.

에이프릴 실바 래러미는 제가 자란 데보다 더 좋은 데예요. 그건 분명하죠.

힝 경사 살기 좋은 곳입니다. 좋은 사람들에, 너른 땅에. 어, 그 애한테 그런 일이 일어났을 때, 많은 언론사 사람들이 여기로 왔습니다. 한 번은 그중 몇 명이 절 따라 범죄 현장으로 갔어요. 그러곤 어, 날씨가 정말 좋았는데, 완전히 끝내줬는데, 진짜 청명하고 공기가 바삭거리고 하늘이 완전 파랗고… 그랬죠. 그림으로도 그려낼 수 없는, 그냥 파란 하늘색. 완전 끝내줬죠. 그리고 뒤로는 산이 있고 그 위에 눈이 약간 남아 있었는데, 그리고 기자 한 사람이, 어, 여성분이었는데… 기자가, 거기로 가더니, 말하기를….

기자 저, 누가 발견했나요? 누가 이렇게 먼 데까지 나오죠?

힝 경사 그리고 제가 그랬죠. '음, 여긴 조깅하는 사람들한테 정말 인기 있는 곳이라서요. 그리고 여긴 산악자전거가 정말 유행이거든요. 말 타기도 그렇고요. 그냥, 음, 마을하고 가깝기도 하고요.' 그랬더니 기자분이 날 보더니 말했어요.

기자 세상에 도대체 누가 이런 데서 달리기를 하고 싶다는 건가요?

힝 경사 그래서 생각했어요. '이 사람아, 내 말을 못 알아듣는구먼.' 그렇죠, 여기선 뒤만 돌아봐도 산이 보이고, 공기 냄새에, 새소리가 들리고, 그냥 주위를 한 번 둘러만 봐도요. 그런데 그 기자들은 그냥, 사건 이야기 말고는 다 상관없는 거였어요. 그런 식으론 보고 싶지 않지만 그 사람들이 바보 같다고 느꼈습니다. 그 기자들은, 그 사람들은 중요한 걸 놓치고 있어요. 그냥 다 놓치는 겁니다.

제더다이아 슐츠 이젠 래러미에 대해 이야기하는 게 힘들어요. 래러미가, 우리한테, 어떤 곳인지 말씀드리는 게요.

서술자 제더다이아 슐츠, 대학생입니다.

제더다이아 슐츠 전에 물어보셨더라면, 래러미는 아름다운 마을이고 자신의 모습을 잃지 않을 정도로 적당히 한적한 곳이라고 말씀드렸을 거예요…. 공동체의식이 강하고, 모두가 모두를 다 알죠…. 대부분의 더 큰 도시들이 잃어 버린 개성을 유지하고 있는 곳이라고요. 매슈 일이 생긴 뒤론, 래러미는 그 사건으로, 그 범죄로 규정되는 곳이라고 말해야겠죠. 우린 웨이코Waco[4]나 재스퍼Jasper[5]처럼 관광지가 돼 버렸어요. 우린 명사, 의미, 기호가 돼 버렸어요!

순간: 일지

서술자 극단원 앤디 패리스의 일지입니다.

앤디 패리스 모이세스가 전화를 했는데 새로운 프로젝트에 대해서 생각한 게 있다고 했다. 그런데 목소리가 심각해서, 도대체 무슨 일인데 그러냐고 물었더니 와이오밍에서 일어난 일에 대해서 작품을 하고 싶다는 거였다.

서술자 스티븐 벨버입니다.

스티븐 벨버 리가 극단이 래러미로 가서 인터뷰를 진행할 생각이라면서 내가 갔으면 한다고 했다. 그렇지만 난 망설여졌다. 마을이 갈등을 해소하는 걸 캐내는 데 정말 관심이 가지 않는다.

서술자 어맨다 그로닉입니다.

어맨다 그로닉 난 이런 일은 한 번도 해 본 적이 없다. 사람들한테 어떻게 말을 꺼내지? 뭘 물어봐야 하지?

서술자 모이세스 코프먼입니다.

모이세스 코프먼 극단이 일주일 동안 래러미를 방문해 사람들과 인터뷰를 하는 것에 동의했다.

이런 목적으로 열 명이나 데려간다는 게 좀 겁이 났다. 안전 규칙 같은 걸 만들어야만 한다. 누구도 혼자 일해서는 안 된다. 모두 다 휴대전화를 가지고 다녀야 한다. 와이오밍 대학교의 연극학과장인 리베카 힐리커와 예비 모임을 가졌다. 래러미에 도착한 첫날 밤, 우리를 위한 파티를 열어 주며 인터뷰할 만한 사람들에게 우리를 소개해 주겠다고 약속했다.

순간: 리베카 힐리커

리베카 힐리커 이 말은 꼭 해야겠네요. 여기 오려 한다는 걸 처음 들었을 때, 처음 전화를 받았을 때, 이렇게 말하고 싶었죠. 당신 지금 내 배를 걷어차는구나. 나한테 왜 이러는 건데?

그러고 나선 생각했죠. 이건 멍청한 짓이야, 나한테 이래선 안 돼. 그리고 더 중요한 건, 생각해 보면 우리가 이 일 전부를 너무 부정적으로 종결시켜 버렸다는 겁니다. 그리고 학생들은 정말로 이야기를 필요로 했어요. 이 일이 일어났을 때 학생들이 그 일에 관해 이야기를 시작했는데, 그러곤 미디어가 몰려들었고 모든 대화가 끊겨 버렸죠.

전 정말로 제 학생들을 좋아해요. 그 아이들은 자유롭게 생각하거든요. 학생들이 하는 말을 좋아하지 않을 수도 있고, 학생들의 의견을 좋아할 수도 있어요. 사실 그 아이들이 아주 꼴통 백인일 수도 있으니까요. 그렇지만 정직하고 진실된 아이들이에요. 그래서 여기선 신난다고 할까, 전에 중서부나 노스 다코타에 있었을 땐 한 번도 느껴 보지 못한 역동성을 여기선 느끼거든요. 왜냐하면 거기선 심하다고 할 정도로 청교도주의가 세상을 보는 관점을 지배하고 있어서 거기 사람들은 대개 의견이 없어요. 학생들이 의견을 표현하도록 할 수가 없는 거죠. 그리고, 아주 솔직하게 말하면, 싫다는 의견이라도 의견이 있는 게 더 나아요. 교육에선 그렇게 역동적인 게 낫죠.

여러분이 이야길 나눠 봤으면 하는 학생이 하나 있어요. 이름이 제더다이아 슐츠예요.

순간: 「미국의 천사들」

제더다이아 슐츠 평생을 와이오밍에서 살았어요. 가족이 와이오밍에… 몇 대째 살아요. 대학에 진학할 때가 되었는데, 부모님께선 절 대학에 보내 줄 형편이 안 되셨죠. 연극을 공부하고 싶었어요. 그래서 대학에 갈 거라면 장학금을 받아야만 한다는 걸 알고 있었어요. 그래서, 이 대회가 매년 있어요, 그러니까 와이오밍 주 고등학생 대회요. 여기서 이인 연기로 일등을 못하면, 장학금을 못 탈 거라는 것도 알았어요. 그래서 좋은 장면을 물어보려고 대학의 연극학과로 갔어요. 그러고는 교수님 중 한 분께 여쭤봤죠, 이렇게요. '저, 저 죽이는 장면이 필요해요.' 그러자 그분 말씀이 '여기 있어, 바로 이거지'였어요. 그게 「미국의 천사들Angels in America: A Gay Fantasia on National Themes」에 나오는 장면이었어요.
그래서 읽어 봤는데 저만 잘하면 가장 좋은 장면으로 뽑힐 수 있을 거라는 걸 알았죠.
그리고 때가 되어서 엄마, 아빠께 말씀드렸죠. 그래야 두 분도 대회를 보러 오시니까요. 아셔야 할 게 있는데요. 저희 부모님은 뭐든지, 그러니까 모든 구기 경기, 모든 하키 게임, 뭐든지 제가 하는 건 다 보러 오시거든요.
그런데 두 분이 절 당신 방으로 데려가시더니 만약에 제가 그 장면을 하면 절 보러 대회에 오지 않으시겠다는 거예요. 왜냐하면 두 분은 그게 잘못된 거라고, 동성애는 잘못된 거라고 믿고 계시니까 그만큼 그 일에 대해서는 단호하세요. 그래서 아들이 자기 삶에서 가장 중요한 일을 할지도 모르는 순간인데, 보러 오고 싶지 않을 정도라고 하셨어요. 전 어떡해야 할지를 모르겠더라고요.
전 한 번도, 단 한 번도 부모님이 바라시지 않는 걸 한 적이 없었거든요. 그렇지만 하기로 결심했죠. 그리고 그 대회에서 기억나는 거라곤 저랑 제 파트너가 끝나고 다가가서 악수를 했는데 기립박수가 터졌다는 거예요.
와, 진짜 엄청났어요! 우린 일등을 했고 이겼죠. 그렇게 해서 여기 대학교에 올 수 있었던 거예요, 그 장면 때문에요. 제 인생에서 최고의 순간이었어요. 그리고 부모님은 거기 없으셨죠. 오늘

까지도, 제가 한 것 중에서 부모님이 유일하게 안 보신 게 그거예요.
다시 생각해 보면, 왜 난 그걸 했지 그렇게요. 왜 부모님 말을 거역했을까? 전 게이가 아니에요. 그래서 난 왜 그걸 한 거지? 솔직히 말씀드리면, 제가 할 수 있는 유일한 답은, (그는 만족하듯 조용히 웃는다.) 이기고 싶었어요. 진짜 좋은 장면이었거든요. 최고의 장면이요!
작가 토니 쿠슈너 아세요? 아시면 전해 주세요.

순간: 일지

서술자 극단원 그레그 퍼라티입니다.

그레그 퍼라티 오늘 밤 덴버 공항에 도착해서 래러미로 차를 몰았다. 와이오밍 경계선을 지나는 순간에 분명히 물소 떼를 봤다고 맹세할 수 있다.
또, 와이오밍 표지판에 이렇게 씌어 있어서 이상하다는 생각이 들었다.
'와이오밍, 세상의 다른 어디도 아닌 곳.' 그게 아니라 이렇게 써야 하지 않나.
'와이오밍, 세상의 다른 어디와도 같지 않은 곳.'

서술자 극단원 리 폰다카우스키입니다.

리 폰다카우스키 뭔가를 간단히 먹으려고 마을 모텔에 차를 세웠다. 그리고 웨이트리스가 말을 걸었다.

웨이트리스 안녕하세요, 제 이름은 데비예요. 1954년에 태어났는데 그땐 데비 레이놀즈가 엄청난 스타였죠. 그래서, 맞아요. 여긴 데비가 엄청 많아요. 그렇지만 식탁에 팔꿈치를 올려놓지 않으면 때리진 않을 거라고 약속하죠.

모이세스 코프먼 오늘 리는 치킨 프라이드 스테이크가 뭔지를 나한테 설명해 주려고 애쓰다 결국 실패했다.

웨이트리스 자, 와이오밍에서 오는 건가요? 아니면 그냥 지나는 길인가요?

리 폰다카우스키 그냥 지나는 길이에요.

서술자 극단원 바바라 피츠입니다.

바바라 피츠 오늘 밤 우린 래러미에 도착했다. '래러미에 오신 걸 환영합니다.(인구 26,687명)' 표지판을 지나치자마자 우리를 처음 반긴 건 월마트였다. 어둠 속에서, 우린 그렇고 그런 미국의 빤한 풍경 안에 있었다. 패스트푸드 체인점, 주유소. 그렇지만 철도를 따라 시내로 들어서자 건물들은 아직도 이십세기 초 서부 마을에 있는 것처럼 보였다. 아, 그리고 유니버시티 호텔을 지나가면서 본 표지판에는 보통 그렇듯 온수 풀장이나 케이블 티브이 광고 대신 이렇게 씌어 있었다. '증오는 래러미가 추구하는 가치가 아닙니다.'

서술자 그레그 퍼라티입니다.

순간: 앨리슨과 마지

그레그 퍼라티 오늘 오랫동안 래러미 주민으로 살아오신 앨리슨 미어스와 마지 머리 두 분을 만났다. 두 분은 사회복지사로 일하셨는데 나에게 몇 가질 가르쳐 주셨다.

앨리슨 미어스 음, 마지 아주머니가 젊었을 때 래러미가 어떤 모습이었냐 하면요. 음, 거의 시골이었죠.

마지 머리 그래, 그랬지. 재밌었는데. 맞아, 애들은 전부 말을 키웠어.

앨리슨 미어스 어, 땅도 더 많았고. 내 말은, 소를 애완동물로 키울 수 있었으니까. 말도, 작은 닭도 키우고. 그냥 다들 자기 땅이 좀 있었죠.

마지 머리 맞아. 아이들이 학교에 가고 나면 그냥 속옷 바람으로 집 주변을 돌아다니면서 일을 해도 됐거든. 아무도 보는 사람도 없고. 그렇게 가까이까지 누가 온다면….

앨리슨 미어스 아, 그거야 그 사람들 문제죠.

마지 머리 그렇지.

그레그 퍼라티 그냥 제가 제대로 들었는지 확인하고 싶은데, 속옷이요?

마지 머리 아, 그렇지. 왜 옷을 입어야 하는데?

앨리슨 미어스 그걸 저 사람이 어떻게 연극에 쓰겠어요?

그레그 퍼라티 그래서 여긴 큰 농장들로 이루어진 마을이었군요?

앨리슨 미어스 아, 그냥 농장만이 아니라, 여긴 한때 큰 철도가 지나는 마을이었어요. 모든 게 다 샤이엔과 그린 리버, 오마하로 옮겨 가기 전엔 말이죠. 지금은, 음, 그냥 철도가 지나가는 지점이 되어 버렸지만요. 왜냐하면, 그게 뭐였더라. 1950년대까지도 그랬죠? 어, 커다란 기차보관소가 있어서 엔진을 완전히 만들 수 있는 가게 같은 게 있었거든요.

마지 머리 그랬지, 우리 어머니가 거기서 일하셨거든.

그레그 퍼라티 어머니가 기차보관소에서 일하셨어요?

마지 머리 그럼. 엔진을 씻어내셨지. 어머니 이름이 미니셨어. 우린, 아마 알 거야, 그 노래를 불러드리곤 했는데, 그 노래 있잖아.

그레그 퍼라티 무슨 노래요?

마지 머리 "기차보관소로 달려가, 미니, 거기선 널 몰 수 없으니까."[6]

(그들은 마구 웃는다.)

앨리슨 미어스 그렇지만 이 말은 해야겠네. 와이오밍은 일자리를 구하기엔 좋지 않아요. 그러니까 제 말은, 대학은 엄청 대단한 일자리라도 가진 양 야단법석을 떨어요. 그렇지만 와이오밍은, 전문직이 아니라면, 음, 많은 사람들이 최저임금을 받는 일을 하고 살아요.

마지 머리 그렇지, 난 평생 그릇을 나르거나 바텐더 일을 했지. 이제 이 마을에 내가 모르는 사람이 없어.

앨리슨 미어스 정말 그래요.

마지 머리 그렇다니까. 지금 내 말이 뭐냐면 말이지. 여기 래러미에는 차이가 있고 언제나 그래왔다는 거야. 그게 계급 차이라는 거지. 잘 교육받은 사람과 그렇지 못한 사람들. 교육받은 사람들은 교육 못받은 사람들이 왜 못받았는지를 이해하려 하질 않아. 그게 바로 예전에 우리 애들이 자기 엄마가 바텐더라서 싸워야만 했던 이유라고. 내가 이 마을에서 빌어먹을 최고 바텐더였는데도 말이지.

앨리슨 미어스 그리고 정말 최고셨죠.

마지 머리 자랑하는 게 아니야. 사실이지.

앨리슨 미어스 그렇지만 여기 래러미에선, 대학이 아니라면 우린 그냥 다 '더운인'이죠.

그레그 퍼라티 '더운인'이 무슨 뜻이죠?

앨리슨 미어스 어, 그걸 말로 해야 하나? 음, 더럽게 운 없는 인생이라고요. (마구 웃는다.) 이런, 그걸 녹음하고 있었네. 젊은이, 오늘 교육받는 거요.

그레그 퍼라티 네, 그런 것 같네요. 그럼, 여쭤볼게요. 매슈 셰퍼드에게 이 일이 일어났을 때 어떠셨어요?

마지 머리 음, 아는 사람들이 많이 엮여 있으니까 사건하고 많이 가깝다고 해야 하나. 딸이 보안관 사무실에서 일하거든.

동성애 문제는, 귀찮게만 하지 않는다면야 나야 뭐 빌어먹을 아무 생각이 없어. 그리고 그런다고 해도, '난 됐어' 그러겠지. 래러미 사람들 대부분이 그런 태도일 거예요. 어쩌면 찔러는 보겠지, 술집에 있는 상황이라면. 그렇지. 술을 마시는 중이라면, 진짜로 입을 한 대 칠 수도 있을 거고. 그렇지만 그런 다음엔 그냥 가 버릴 거요. 대부분은, 그냥 그럴 거야. "난 그쪽으론 당기지 않아." 그러고는 별일 아닌 걸로 치고 자기 일 하겠지. 래러미는 그렇게 살아왔으니까 그렇게 살게 놔둬.

앨리슨 미어스 마지 아줌만 말씀하시는 것보다 당연히 훨씬 많이 알고 계시지만요. 안 하시는 거예요. 그리고 그건 당연히 존중해 드려야 하는 부분이고요.

마지 머리 음, 어, 이 이야기로 뭘 어쩌려고?

그레그 퍼라티 아, 어, 아직 결정은 못했어요. 다 만들고 나면 래러미로 가져와 보려고요.

마지 머리 그래. 그렇다면, 말하지 말아야 할 부분이 있구먼.

순간: 매슈

서술자 극단원 앤디 패리스입니다.

앤디 패리스 오늘 처음으로 우리는 매슈 셰퍼드를 실제로 알았던 사람을 만났다. 트리시 스테거는 마을에서 가게를 운영하는데 그를 '맷'이라고 불렀다.

트리시 스테거 맷은 제 가게에 오곤 했죠. 그래서 알게 된 거예요.

앤디 패리스 매슈 대신에 맷이라고 불리는 걸 들은 건 처음이었다. "모두가 그를 맷이라고 불렀나요?"

오코너 박사 글쎄, 10월 2일에, 전화를, 그러니까 일곱시 십분경에 받았지.

서술자 오코너 박사입니다.

오코너 박사 매슈 셰퍼드였어. 그러곤 그러더라고, '3번 가와 그랜드 가 모퉁이에서 저 좀 태워 주시겠어요?' 그래서, 어쨌든, 모퉁이에 차를 세웠지. 매슈 셰퍼드가 누군지 보려고. 그렇잖아, 작은 남자더라고, 160도 안 되고. 흠뻑 젖어서, 기껏해야 한 44킬로 정도였을걸. 한 50킬로는 나가더라고 하는 사람들도 있던데 그렇지 않아. 또 신문에선 키가 168이라고 그랬다던데, 그렇지만 갠, 사실 겨우 158, 아니면 155 정도였을 거야. 그리고 창문으로 다가오더니, 난 지금 일부러 순서대로 이야기하는 거요. 그래야 어떤 사람인지를 더 잘 이해할 수 있을 테니까. 창문으로 걸어 오길래 내가 그랬지. '매슈 셰퍼드요?' 그리고 걔가 그랬지. '네, 제가 매슈 셰퍼드인데요. 그런데 전 매슈나 셰퍼드 씨라고 불리는 건 좀 그렇고요. 다른 이름으로 불리는 것도 별로예요. 제 이름은 맷이에요. 그리고 아셔야 할 게 있는데, 전 동성애자고 지금 게이 바로 갈 거예요. 혹시 싫으신가요?' 그래서 내가 그랬지. '현찰이요, 카드요?'

그게… 래러미는 게이 바가 없어요…. 그리고 그게 또 와이오밍에도 없지…. 그래서 자길 한 시간 정도 걸리는, 콜로라도의 포트 콜린스로 데려다 달라고 날 불렀던 거였어요.

맷은 진짜 대놓고 말하는 놈인데, 무슨 말인지 알죠? 그렇지만 그렇게 솔직해서 걜 좋아했지. 내 말이 뭔지 알죠? 게이지만 솔직한 거, 무슨 뜻인지 알겠어요?

트리시 스테거 모르겠네요. 다른 사람에 대해서 뭘 어떻게 말할 수 있을까요? 내 동생 로메인 패터슨하고 꼭 이야기해 보세요. 매슈의 아주 친한 친구였어요.

로메인 패터슨 사실은요, 우린 한 번도 매슈라고 부른 적이 없어요. 대개는 츄츄라고 불렀죠. 그게, 매슈라고 불렀다가, 그 다음엔 그냥 츄츄라고 했어요.

그리고 매슈를 생각하면, 믿을 수 없을 정도로 환하게 웃던 것만 생각나요. 그게, 들어오면서 이렇게 (보여 준다.), 그러고는 모두를 보고 웃었어요…. 그냥 모두를 다 엄청 기분 좋게 해 줬죠…. 그리고 커피숍에서 사람들을 가만히 보는 걸 좋아했는데… 언제나 맨 끝자리에 앉고 싶어 했어요. 그래야 내가 일하는 동안 이야길 할 수 있거든요. 누가 그 자리에 앉아 있으면, 그냥 그쪽에 앉아서 그 사람들을 가만히 보는 거예요. 마침내 사람들이 나가죠. 그러면 자기 자리를 차지하는 거예요.

그런데 매슈는 정치적 의견이 분명했어요…. 그러니까, 정치적인 일에 열심히 참여하고 싶어 했어요…. 제일 큰 관심사는 다 그쪽이라, 시엔엔CNN과 엠에스엔비시MSNBC를 봤죠. 걔 티브이는 그 방송만 켜져 있었거든요. 정치적인 일엔 진짜 똑똑했는데, 상식적인 면에선 그렇게까지 영리하게 굴지 못했어요….

그래서, 학교 때문에 래러미로 온 거였어요.

존 피콕 처음 들어왔을 때 매슈는 정말 낯을 가렸어요.

서술자 존 피콕, 매슈 셰퍼드의 지도교수입니다.

존 피콕 약간 소심할 정도였다고까지 말할 수 있겠네요. 적응하는 데 좀 어려움이 있었지만, 여긴 그 애한텐 집이었고 그걸 아주 명확하게 보여 줬어요. 그래서 그 소심함이나 낯가림 같은 건 자기가 가려고 하는 길을 같이 좋아해 주는 사람을 만나면 금방 사라졌습니다. 인권에 대한 일을 하고 싶어서 고민 중이었고 그걸 어떻게 할 것인지를 찾고 있었어요. 그리고 이 일이 일어났을 때 그 앤 막 피어나기 시작할 때였죠. 그는 이렇게 말하려는 참이었거든요. '와, 여기 기회가 있어요. 이 세상에 내가 할 수 있는 게 있어요. 나도 중요한 사람이 될 수 있어요.'

로메인 패터슨 폭행 사십팔 시간 전에 같이 이야길 했어요. 걔는 학내 게이, 레즈비언 모임에 가입했다고 말했고 즐겁다고 했어요. 프라이드 위크[7]랑 여러 가지를 준비하고 있었거든요. 제 말은, 학교 생활에 완전 신이 나 있었어요. 네, 그 앤 학교에서 지내는 걸 정말 행복해 했어요.

존 피콕 그리고 돌이켜 보면, 물론 돌이켜 생각해 봤을 때만 할 수 있는 말이지만, 그게 그 학생이 가려고 했던 방향이었습니다, 인권이요. 그저 이 사건에 비극성과 아이러니를 더해 줄 뿐이지만요.

순간: 누가 누구랑이야?

오코너 박사 이쯤에서 뭐 다른 얘기 하나 하죠. 눈으로 보는 것보다 와이오밍에는 게이가 더 많아요. 난 알죠, 확실히 알거든. 특별하게, 아, 그걸 뭐라고 부르는지 모르겠지만, 퀸이나 동성애자, 여장 남자 같은 항상 그러고 다니는 게이 타입을 말하는 게 아니라, 그러니까 건초 더미를 던지고, 말에 올라타고, 낙인을 찍고, 엉덩이를 걷어차 대는 그런 사람들 말이요. 내가 무슨 말 하는지 알겠어요? 나는 항상 말하죠. 와이오밍 게이 건드리지 말아라, 왜냐하면 엉덩이를 걷어차일 테니까. 그런데 내가 말하려고 하는 게 그건 아니고. 왜냐하면 난 와이오밍의 게이들을 많이 알거든. 확실히 많이 알지. 여기서 사십 년 넘게 살았으니, 무슨 말인지 알죠?

그리고 게이건 아니건 와이오밍 사람들은 씨발 관심 없을 거라고, 그게 바로 내가 말하고 싶은 거요. 상관없다고. 종종 있는 일이지만 와이오밍 바에 여자 하나에 남자 여덟 명이 있으면, 생각하겠지. 누가 누구랑이야? 내 말 알겠소? 이게 참, 누군지 알아내는 게 엄청난 아이큐가 필요한 일이 아니거든.

순간: 말이야 쉽지

캐서린 코널리 여기 래러미에서 동성애자로 산다는 게 어떤 건지 어떻게 설명해야 할까요?

서술자 캐서린 코널리입니다.

캐서린 코널리 제가 학내 첫 '커밍아웃한' 레즈비언, 동성애자 교직원이었어요. 그리고 그게 1992년이었어요. 음, 면접에서 남편은 무슨 일을 하냐는 질문을 받았고, 음, 그래서 그때 커밍아웃한 거죠…. 재밌는 이야기해 드릴까요?

새로운 교직원으로 여기 처음 오면 처리해야 할 업무나 절차가 있어요. 연구실에 있는데 어떤 여자가 전화를 했었다는 겁니다…. 전화가 올 줄은 알았는데 그게, 건강보험 전화 그런 걸 거라고 생각했죠. 그래서 제가 다시 걸었죠. 그리고 소리가 들리고, 키보드에서 뭘 하고 있는, 치는 소리였죠. 제가 그랬죠. '캐서린 코널리인데 전화하셨죠.' 그리고 그쪽도 말을 했죠. '아, 당신이군요.' 그래서 생각했죠. '이상하네.' 계속 말하더군요. '듣기론, 제가 듣기론 동성애자시라고 들었어요. 그러시다고 들었는데요.' 저는 이렇게 '아, 네'했죠. 그러고는 계속 말하는 거예요. '커플로 오셨다고 들었어요. 저도 그래요. 커플이란 게 아니라, 그냥 저도 그런 사람이라고요.' 그러니까, 그 여자도 말하자면 제가 온다는 걸 알았던 레즈비언인데, 절 당장 만나러 오고 싶었다는 거죠. 그리고 나중에 나한테 말해 주기를, 아는 레즈비언 중에는 나랑 같이 있는 걸 보여 주고 싶어 하지 않는 이들도 있다는 겁니다. 제가 돌이킬 수 없을 정도로 자신들을 타락시키거나 그냥 나랑 같이 있는 게 알려지면 문제가 된다는 거였죠.

난 학내에서 받을 수 있는 교육 관련 상은 거의 다 받았어요. 그런데 작년만 하더라도, 학생 하나가 수업평가지에 이렇게 썼어

요. '코널리 교수는 여학생을 좋아한다. 그게 다 보인다. 역겹다.'

조너스 슬로너커 여기 왔을 때 게이로 사는 게 힘들 거라는 걸 알았죠.

서술자 조너스 슬로너커입니다.

조너스 슬로너커 난 직장에서 커밍아웃하지 않았고, 직장을 다닌 지는 사년 됩니다. 그리고 스스로에게 계속 말합니다. 사람들은 살고 싶은 데서 살아야만 해. 덴버를 갈 일이 있을 때 게이 바를 가면, 사람들이 어디 사냐고 물어보곤 해요. 그러면 '와이오밍의 래러미'라고 말해 줄 때가 있어요. 그리고 거기선 와이오밍 출신 남자를 많이 만나게 되죠. 여기서 자란 게이들이 정말 많은데, 이러죠. '거긴 내가 살 수 있는 곳이 아니야. 거기서 어떻게 살아. 떠날 수밖에 없었어. 으, 으, 으.' 그렇지만 가끔은 이런 사람도 있어요. '아 세상에, 래러미 그립다. 거기 정말 좋아하거든. 거기가 바로 내가 살고 싶은 덴데.' 그리고 막 눈을 별처럼 반짝이는데 그럼 내가 그러죠. 정말 살고 싶은 데라면 살라고. 내 말은, 더 많은 게이들이 작은 마을에 사는 걸 상상해 보세요.

순간: 일지

모이세스 코프먼 오늘 우리는 지금 묵는 모텔에서 나와 베스트 웨스턴으로 간다.

서술자 모이세스 코프먼입니다.

모이세스 코프먼 이번엔 좀 나은 모텔이길 바라고 있다.

서술자 어맨다 그로닉입니다.

어맨다 그로닉 오늘 우리는 마을의 다른 교회들을 가려고 갈라섰다. 모이세스와 난 침례교 교회로 가게 되었다. 교회 입구에 서 있는 목사가 우리더러 예배에 들어오라고 했다. 다음은 그날 아침 설교에서 내가 기억하는 부분이다.

순간: 말

침례교 목사 친애하는 형제자매님들. 저는 오늘 여기에 하느님의 말씀을 전하려 서 있습니다. 여기, 동료들께 전해 드릴 분명한 진실이 있어, 오늘 여러분께 말씀드리려 합니다. 말씀만으로 충분하고 그렇지 않다면 그건 말씀이 아닙니다.

과학자들이 인간의 역사에 대해 말하기를, 세상은 오십억 년이나 육십억 년이 되었다고 합니다. 하지만, 십억 년을 더하건 빼건 뭐가 다른가요? 성경에서 인간의 역사는 육천 년이 되었다고 이야기합니다.

말씀만으로 충분하고 그렇지 않다면 그건 말씀이 아닙니다.

스티븐 미드 존슨 아, 서부의 종교사회학은….

서술자 스티븐 미드 존슨, 유니테리언교 목사입니다.

스티븐 미드 존슨 이 마을의 주된 종교적 전통은 침례교와 모르몬교[8]예요. 솔트 레이크 시만 그런 게 아니라 모든 곳이 다 그렇죠. 알다시피 다 그렇습니다. 여기 아래쪽으로는 토스트에 잘 발라 놓은 잼 같다니까요.

더그 로스 모르몬 교회는 몇몇 주민들께는 언짢을 수도 있는 약간 다른 의견을 갖고 있습니다.

서술자 더그 로스. 모르몬 교회의 선지자입니다.

더그 로스 그리고 그게 바로 신께서 여전히 인간에게 말을 거신다고 우리가 온전히 믿는 이유입니다. 우리는 어쩌다 그런 일이 일어나서 몇 사람이 그걸 성경에 써 놓았을 뿐이라고 생각하지 않습니다. 신은 오늘도 우리에게 말씀하시고 우리는 말씀을 믿습니다.

교회의 선지자들은 신으로부터 영감과 계시를 받아들일 수 있는 권위를 가진다고 믿습니다.

스티븐 미드 존슨 그러니까, 전체 범위에서, 어, 왼쪽이죠. 그러니까 왼쪽 끝에 아마 제가 혼자 앉아 있을 거예요. 저, 그리고 유니테리언 교회요. 유니테리언은 대부분 휴머니스트고, 그중 많은 이들이 무신론자입니다. 제 말은, 우린, 우린 우리가 종교인지조차도 잘 모르겠어요. 그리고 그 범위 안에서 제 오른쪽 옆엔, 훌륭하신 로저 신부님이 계시죠. 가톨릭 사제이신데, 여기서 좋은 일을 많이 하셨죠. 신의 가호가 있기를. 이 일이 일어났을 때 전혀 애매한 태도를 보이지 않으셨어요. 그날 밤에 매슈를 위한 철야예배를 주관하셨죠.

로저 슈미트 신부 전 정말 충격을 받았죠. 왜냐하면, 그렇죠, 철야예배를 할 때 다른 종교와도 같이하려고 몇 분께 전화를 했는데, 같이하지 않을 거라는 겁니다. 그건 마치 '우린 뒤로 물러나 기다리면서 바람이 어느 쪽으로 불지 보겠다' 같은 거였어요. 전 그래서 엄청 화가 났죠. 우린 지도자로서 일어나 주장해야만 해요. 그런 생각이 들었어요. '와, 여기 뭔 일이 벌어지고 있는 거야?'

더그 로스 신께서 경계를 정하셨습니다. 그리고 우리가 가진 책임 중 하나는 그걸 배우는 겁니다. 신께서 무엇을 원하시는가. 그래서 경전을 공부하고 지도자를 따라야 하는 겁니다. 그런 다음에야 말하자면 경계가 뭔지를 알게 되는 겁니다. 일단 경계가 무엇인지를 알게 되면 경계 밖이 무엇인지에 대한 느낌을 가질 수 있는 겁니다.

침례교 목사 제가 여러분께 경고합니다. 조롱당할 겁니다! 여러분은 특이한 믿음으로 놀림당할 겁니다! 그렇지만 성경이 여러분의 지침이 되도록 하십시오. 이 안에 있습니다. 전부 이 안에 있습니다.

스티븐 미드 존슨 기독교 목회자들은, 보수적인 분들 중 많은 분이, 이 문제에 대해 침묵을 지키십니다. 보수적인 기독교인들은 성경을 이용해서 모든 세상 사람들에게 여기 성경에 이렇게 씌어 있다고 보여 줘요. 그리고 대부분의 미국인들은 믿어요. 정말로 그래요, 성경이 신의 말씀이라고. 그러니 그것과 어떻게 싸울 수가 있겠어요?

침례교 목사 전 성서지상주의자입니다. 이 말이 무슨 뜻이냐 하면, 성경의 진실은 절 필요로 하지 않습니다. 성경은 제가 믿건 안 믿건 진실이니까요. 말씀만으로 충분하고 그렇지 않다면 그건 말씀이 아닙니다.

스티븐 미드 존슨 9월 15일에 래러미에 도착했습니다. 회전초와 시멘트 공장, 주위를 둘러보곤, 그러곤 말했죠. '도대체 와이오밍에서 내가 뭘 하는 거지?' 삼 주가 지나서야 제가 와이오밍에서 도대체 뭘 해야 할지를 알았습니다.

순간: 스카프

스티븐 벨버 오늘 아침 주바이다 울라라는 대학생과 같이 아침을 먹었다. 울라는 자기 방식대로 살고자 하는 이슬람 페미니스트이다.

주바이다 울라 네 살 때부터 래러미에 살았어요. 네. 부모님은 방글라데시에서 오셨어요. 전 무슬림이니까, 이 년 전부터, 스카프를 쓰기로 결심했어요. 그게 래러미에서 제 삶을 완전히 바꾸었죠. 그렇죠.

저한테 이렇게 말하는 사람들처럼요. '왜 머리에 그런 걸 써야만 하는 거야?' 제가 마트에 갈 때는 말이죠. 사람들한테 이슬람 교재를 주려고 가는 게 아니에요. 무슨 말인지 아시죠? 그래서 전 이런 식이죠. 음, 제 종교인 걸요. 그럼 그들이, 이 부분이 가장 최악인데 왜냐하면 그럼 이래요. '그게 네 종교라는 건 알아. 그렇지만 왜?' 그럼, 제가 거기서 콜라와 칩을 들고 몸의 절제와 신, 그리고 제 자신의 영적 관계에 대한 모든 규칙을 설명해야만 하는 건가요? 제가 무슨 말 하는지 아시겠죠?

스티븐 벨버 네.

주바이다 울라 그게, 저한테는 너무 비현실적인 거예요. 그렇죠. 뉴욕에서 온 사람들이 래러미에 대한 연극을 만들 거라는 거요. 그리고 여러분들이 우리 마을에 대한 연극에 나오는 걸 상상해 봤는데요. 뉴욕의 무대 위에 서는 거잖아요. 그리고 우리처럼 연기하면서요. 그건 정말 이상해요.

순간: 생활방식 1

침례교 목사의 아내 안녕하세요?

어맨다 그로닉 네, 안녕하세요. 제 이름은 어맨다 그로닉이고 극단과 같이 일 때문에 여기 래러미에 왔습니다. 남편분이신 목사님을 뵈러 갔거든요. 일요일에 남편분 교회를 갔습니다. 최근에 일어난 일에 대해서 목사님과 많은 이야기를 나누고 싶어서요.

침례교 목사의 아내 음, 그이가 당신과 얘기하고 싶어 할 것 같지 않네요. 남편은 아주 성서적인 관점에서 동성애를 봐요. 그런 폭력을 용인하진 않죠. 그렇지만 그런 유의 생활방식을 용납하지도 않아요. 그리고 이 일이 일어나고 나서 남편은 언론으로부터 무차별 공격을 당했고 이 일에 대해 언론은 마냥 끔찍하게만 굴고 있어요.

어맨다 그로닉 압니다, 정말 이해합니다. 정말 끔찍하셨을 거예요.

침례교 목사의 아내 그래요, 우린 모두 이 일이 어서 지나가기만 바라고 있어요.

어맨다 그로닉 음, 다시 찾아뵙고 남편분과 그냥 짧게라도 이야기할 수 있을까요?

침례교 목사의 아내 음, 그래요. 오늘 밤 아홉시에 다시 오시면 될 것 같군요.

어맨다 그로닉 감사합니다. 그럴게요.

순간: 파이어사이드

스티븐 벨버 오늘 바버라와 난 매슈가 마지막으로 목격된 장소인 파이어사이드 바에 갔다.

바버라 피츠 파이어사이드는, 당구대 두 대와 가라오케를 할 수 있는 무대를 갖춘, 딱 대학가의 술집 같은 곳이었다. 이른 저녁밖에 되지 않았는데도 절대 대학생 같지는 않은 몇 명의 단골들이 이미 와 있었다.

스티븐 벨버 우리와 처음으로 이야기한 사람은 주인인 맷 미컬슨이었다.

맷 미컬슨 제 고조부는 1862년에 여기로 오셨는데, 래러미의 첫 오페라 하우스를 여신 분이죠. 올드 블루 프론트Old Blue Front라는 곳인데요, 1870년에는 루이자 앤 스웨인Louisa Ann Swain이 여성으로는 전 세계에서 처음으로 자유선거에서 투표했고요. 그렇게 해서 와이오밍이 '평등의 주'[9]인 겁니다. 그래서 제가 하고 싶은 건 파이어사이드 바를 올드 블루 프론트 오페라 하우스와 굿 타임 엠포리엄[10]처럼 다시 세우는 건데요. 전 식당도 하고 싶고, 선물 가게도 운영하고, 당구장도 하고 싶고, 그리고 이 모든 벌어먹을 짓을 다 하는데, 네…. 매일 밤 레이디 나이트를 하고….

바버라 피츠 그래서, 매슈 셰퍼드가 여기 있었던 밤은 어땠나요?

맷 미컬슨 그날 거기서 노래를 했는데, 여기 스무 명인가 서른 명 정도가 있었어요. 매슈 셰퍼드가 들어와서, 바로 여기 앉았죠. 바로 당신이 앉아 있는 거기요. 그냥 가볍게 놀자고…. 그러니까 물어보고 싶다면, 맷 갤러웨이와 이야기하는 게 나을 거요. 그날 밤에 바텐더를 했던 애니까요. 걔를 꼭 만나 보세요. 보면 어떤 사람인지 알 겁니다. (부른다.) 어이, 갤러웨이 오늘 밤에 바텐더 해?

맷 갤러웨이 좋아요. 간단하고, 빠르게, 지금 해치워 버리죠. 그렇지만 전부 다 말할 거예요. 사실만요. 그냥 사실만 말할게요. 자, 갑니다. 열시. 출근 카드 찍고, 평상시처럼요. 화요일 밤이고요. 열시 삼십분, 매슈 셰퍼드 들어오고, 혼자서요. 앉아서, 하이네켄 주문합니다.

서술자 필 라브리, 매슈 셰퍼드의 친구입니다.

필 라브리 맷은 하이네켄을 즐겨 마셨거든요. 다른 거 말고요. 하이네켄은 여섯 캔에 구 달러 오십 센트나 줘야 하는데도 말이죠. 언제나 같은 맥주를 샀어요.

맷 갤러웨이 그래서 맷에 대해 무슨 이야길 할까요?

맷 같은 손님이 백 명 있다면, 제가 일한 바 중에서 가장 완벽한 곳일걸요. 그럼요. 그건 성적 지향과는 아무 상관없는 거예요. 완전히 몸에 밴 버릇, 예의, 공손함, 지능의 문제죠.

저한테 잘해 주는 거, 팁 같은 거요. 그냥 다요. 대화, 깔끔하게 잘 차려입고요. 그런 사람들 알잖아요. 저기 앉아서, '부탁드립니다' '고맙습니다'. 그게, 그러니까 말하자면 자기가 할 수 있는 만큼 최대한 지적으로 행동하는 거죠.

음, 거기 그러고 있었죠. 걱정이 있는 것 같지도 않고 누굴 특별히 찾는 것 같지도 않았어요. 그냥 즐겁게 한잔하면서 주위 사람들과 어울리면서요.

그리고 대략 열한시 사십오분에, 열한시 삼십분, 열한시 사십오분, 에런 매키니와 러셀 헨더슨이 들어왔어요. 그때는 이름을 몰랐는데, 그렇지만 그 사람들이 범인이고, 가해자고, 피의자죠. 들어왔는데, 그냥 아주 무표정한 얼굴로, 더럽고, 지저분하고, 무례하고. '내놔 봐.' 그런 식이요. 바 쪽으로 걸어오더니, 어, 그러고는, 세상에, 십 센트와 이십오 센트 동전으로 피처를 주문하더라고요. 어, 그런 건 절대 잊어버리지 못하죠. 그런 건 안 잊혀져요. 동전으로 오 달러 오십 센트를요. 끔찍한 악몽인 거죠.

헨더슨과 매키니는 들어왔을 때 전혀, 전혀 취한 것처럼 보이지 않았어요. 들어와서는 그냥 맥주를 주문했고, 당구대 있는 데로 피처를 들고 가서는, 거기서 자기들끼리만 있었어요. 그 다음 제가 본 건, 아마 삼십 분 정도 지났나, 그냥 돌아다니더라고요. 맥주 없이요. 그런 생각한 건 기억나요. 더 마시겠냐고 물어보지 말아야겠다, 틀림없이 그냥 동전만 잔뜩 주면서 피처를 달라고 할 테니까. 걔들이 돈이 더 없을 게 분명하다는 생각이 들었어요.

서술자 로메인 패터슨입니다.

로메인 패터슨 돈은 매슈한테 별 중요하질 않았어요. 환경이 넉넉했거든요. 그리고 지갑을 달라고 하면 이 초도 안 돼서 줬을걸요. 돈은 정말 중요하지 않았으니까요. 신발은, 어쩌면, 좀 중요했을지 몰라요. 강도였다고 자백했다는데… 절대 안 믿어요. 0.1초도 안 믿었죠.

맷 갤러웨이 그러곤 잠깐 후에 봤더니 에런과 러셀이 매슈 셰퍼드와 이야길 하고 있었어요.

크리스틴 프라이스 에런 말로는 그 남자가 자기한테 걸어오더니 자기가 게이라면서 에런과 러셀이랑 하고 싶다고 그랬대요.

서술자 크리스틴 프라이스, 에런 매키니의 여자 친구입니다.

크리스틴 프라이스 에런은 열받아서 자긴 이성애자고 너랑 그런 거 하고 싶지 않다고 말하고는 걸어 나왔대요. 그때 자기랑 러셀이 화장실로 가서는 동성애자인 척 트럭에 태워서 강도 짓을 하자고 결정했다고 에런이 말했어요. 그 남자한테 이성애자들에게 그렇게 접근하면 안 된다는 걸 가르쳐 주고 싶었다고요.

맷 갤러웨이 음, 아니에요. 그들은 맷이 자기들에게 접근했다고, 자기들에게 다가왔다고 진술했어요. 전 절대, 절대로 안 믿고요. 백 퍼센트 그 진술 반박할 수 있어요. 반박할 수 있거든요. 왜 그런지 두 가지 이유를 댈게요.

첫째, 인물의 성격.

왜 걔들한테 접근했겠어요? 왜 걔들이겠어요? 이 바에서 어느 누구한테도 그런 식으로 다가가지 않았어요. 걔가 게이라서, 엄청 달아올라 있던 게이라서 그런 식으로 사람들한테 치근댔다고 그런다면서요. 개소리. 저한테 한 번도 안 그랬거든요. 제 말 들려요?!? 걔들한테 그랬다고요, 절대 말도 안 돼요.

둘째, 영토주의라고, 맞나? 그렇죠. 제가 이 상황에서 쓸 단어죠. 그리고 사실만 보면 맷이 거기 앉아 있었고요. 러셀과 에런은 당구대 쪽에 있었어요. 처음 서로 만났을 때, 걔들이 맷의 영역에 있었어요. 제가 맷을 밤새 봤던 그 자리에 있었다니까요. 이 사실로 볼 때 누가 누구한테 접근했겠어요?

로메인 패터슨 그런데 매슈는 그런 사람이었어요…. 그러니까 어떤 이유건 말을 거는 사람한테 답을 안 하지 않아요. 누가 걔한테 말을 걸면, 그냥 이래요. '오, 이렇고, 저렇고, 이렇고.' 그냥 누구하고도 대화를 해 나가는 데 전혀 어려움이 없었거든요.

필 라브리 맷은 많은 시간을 외롭다고 느꼈어요. 전 그걸 알거든요. 그리고 맷이 얼마나 쉽게 사람들을 믿는지도 알고요…. 그냥 거기로 걸어 들어갔을 거예요. 친구 없이 바에 혼자 앉아 있어서 훨씬 더 쉽게 그랬을 거예요.

맷 갤러웨이 그래서 유일한 사실은요, 그리고 이게 제가 증언할 건데요. 왜냐하면요, 그게, 저도 또한, 기본적으로는, 이 사건의 주요 증인이라서요. 어. (포즈) 기본적으로 제가 증언할 건 매슈가 떠나는 걸 제가 봤다는 거예요. 전 매슈와 두 사람이 같이 떠나는 걸 봤어요. 얼굴은 보지 못했지만 그 뒤통수는 봤어요. 바로 그 시간에, 매키니와 헨더슨은 더 이상 여기 없었어요. 그러니까 나머진 아시겠죠.

맷 미컬슨 사실 디제이가, 그날 밤 나가기 전에 걔와 마지막으로 이야기한 사람일 거예요…. 담밴가 뭔가를 줬답니다. 이름이 섀도예요.

섀도 제가 맷이 파이어사이드를 떠나기 전에 마지막으로 이야기했던 사람입니다…. 전 그냥 씨발 제 거 하느라 정신없었는데, 걔가 나한테 말을 걸었어요. 아니, 제가 말을 걸었어요. 그러곤 걔가 그랬어요. '어, 섀도 씨, 이런, 이런, 이런.' 그래서 전, '어이, 왜 벌써 가려고?' 걘, '네, 그렇죠 뭐.' 그러곤 남자 둘이 있다는 걸 알았는데, 밖에 서 있어서 볼 수 있었거든요. 보여요, 거기 서 있는 게. 그리고 걔가 그 사람들을 보고, 그 사람들은 걜 돌아보고 있었고요. 그리고 제가 선 채로 맷과 한 십 분 정도 이야기하고는 그 사람들이 걔랑 있는 걸 봤거든요. 그 사람들은 꼭, 꼭 불안해하는 것처럼 보였어요. 그게, 네, 자리를 뜨고 싶어 하는 뭐 그런 거요…. 그래서 떠날 때, 제가 봤죠. 떠날 때, 검은 트럭이었는데, 작은 트럭이었어요. 셋이 앞 좌석에 앉았는데 맷이 가운데 앉았어요.

그리고 전 별다른 생각은 전혀 안 했어요. 네. 그 사람들이 그럴 거라고 생각이나 했겠어요?

순간: 매키니와 헨더슨

서술자 에런 매키니의 친구입니다.

익명 에런을 오랫동안 알아 왔습니다. 에런은 좋은 녀석이죠. 에런을 꽤 좋아했어요. 그래서 그걸 들었을 때 정말 충격이었다니까요. 전… 걔가, 걔가 저 멀리 사는 건 알아요…. 트레일러 주택에요. 여자 친구가 말해 줬으니까…. 지난여름에 데이트를 막 시작했는데… 데이트 하자마자 임신해 버리는 바람에, 아시겠죠. 애가 있으니까요. 스물한 살밖에 안 됐는데 애를 데리고 다녀야 하고…. 에런은 그런 놈이거든요. 언제나 상표 있는 옷을 입고 다니고 그런 거요. 그런 거 있잖아요, 토미 힐레 피거[11]나 폴로, 구찌 그런 거….

제가 걜 알았을 때, 갠 그냥 애쓰는 어린애였어요. 무리에 끼고 싶어 하는, 일부러 거칠게 굴면서, 쿨하게 굴려고 하고. 그렇지만, 그게요, 짜증나서 맞서면 뒤로 물러나 버리는, 그냥 겁에 질린 애요.

서술자 셰리 에넨슨입니다.

셰리 에넨슨 러셀은 그냥 너무 착해요. 이글 스카우트였던 애거든요. 내 말은, 그냥 애 자체가 조용하고 착하다는 거지. 그래서 당연히 난 도대체 이해를 할 수가 없었고, 사람들이 그렇게 확 돌아 버린다는 것도 알고. 뭐 내가 그렇게 엄청 친한 사이도 아니고, 나야 그냥 집주인이니까요. 척 왜건Chuck Wagon[12]에서 같이 일도 했어요. 거기 크리스마스 파티 때가 기억나요. 러셀은 완전히 취해서 제정신이 아니었는데, 우리 다 꽤 많이 그냥 파티 타임 막 그래서…. 그렇다고 싸움을 걸지도 않고, 바뀐 것도 아니고, 사람이 바뀌지 않았어요. 그냥 똑같이 작고 순한 러셀이었다고요. 기억나요. 나한테 오더니, '혹시 괜찮으면, 셰리 아줌마, 같이 춤출래요?' 그러더라니까. 그렇다고 우리가 그러고 돌아다닌 적은 절대 없지만…. 지금은 그 놈을 그냥 막 흔들어서, 무슨 말인지 알죠? 뭔 생각을 하고 있던 거냐? 도대체 무슨 생각을 했던 거냐고?

순간: 울타리

스티븐 미드 존슨 울타리요, 거기 네 번 갔었고요. 방문객도 받았죠. 그 장소는 순례지가 되었어요. 정말 거기 가 보는 건 개인적으로 아주 엄청난 경험입니다. 너무 삭막하고 너무 황량해서 그 생각을 안 할 수가 없어요. 매슈가 저 밖에 열여덟 시간을 거의 영하의 날씨에, 거기서 홀로 그걸 보고 있었다는 걸요. 그래서 '신이시여, 저의 신이시여, 왜 저를 버리셨습니까'라는 말이 절로 떠올라요.

서술자 극단원 그레그 퍼라티입니다.

그레그 퍼라티 매슈의 친구인 필 라브리가 오늘 아침 우리를 울타리로 데려갔다. 울타리에 손을 대자마자 난 무너져 버렸다. 이 젊은 남자에게 너무도 강력한 동질감을 느낀다. 돌아오는 길에, 아무도 보지 않는 걸 확인하곤 울었다.

서술자 리 폰다카우스키입니다.

리 폰다카우스키 돌아오는 길에 그레그가 울었다. 난 울 순 없었지만 똑같이 느꼈다. 오후에 에린 크라이펠스와 인터뷰를 해야 한다. 매슈를 저 바깥 울타리에서 발견한 학생이다.

순간: 매슈 셰퍼드를 발견하다

에런 크라이펠스 음, 전, 어, 수요일에 기숙사에서 자전거로 다섯시에 출발했거든요. 그냥 한 바퀴 돌고 오자 이런 마음이었어요. 그래서 전, 전 캑터스 캐니언 꼭대기까지 올라갔다가, 그 지역에 그렇게까지 엄청 익숙한 게 아니라서 돌아오는 길에 어디로 가야 할지를 모르겠더라고요. 지금 와서 보면요… 그냥 그런 생각이 들어요. 신께서 저더러 그 애를 찾길 원하셨다고요. 그게 아니라면 제가 그 길로 갔어야 할 아무런 이유가 없거든요.

그래서 엄청 힘든 모래를 만났고, 돌아가려고 했지만 이유는 모르겠는데, 그냥 계속 갔어요. 그리고, 어, 계속 갔어요. 그리고 이 바위가, 땅에, 땅에 있어서 그냥 가서 박은 거죠. 전, 핸들 너머로 날아가 결국 땅에 엎어졌죠.

그래서, 어, 일어나서, 그냥 흙이랑 그런 걸 막 털고 있는데, 주위를 둘러보다가 뭘 봤어요. 지나고 봤더니 맷이었어요. 거기 울타리 옆에 누워 있었어요. 처음엔 그냥 허수아비라고 생각했어요. 그러니까 그랬죠, 금방 핼러윈이지, 핼러윈 준비하네, 이렇게 생각했어요. 그래서 별생각 안 했고요. 그래서 자전거를 세우고 울타리 주위를 돌아서 걸어갔어요. 나무를 엇갈려 세워 놓은 울타리였거든요. 그리고, 어, 더 가까이 가서야 머리카락이 보였는데, 그때서야 전 그게 사람이란 걸 알았어요. 걔 머리카락 때문에요. 왜냐하면 전 그냥 인형이라고 생각했거든요. 진짜로요. 그러다 가슴이 올라갔다 내려가는 거까지 보면서도요. 여전히 그러면서도 인형인 줄 알았어요. 있잖아요. 그냥 기계 장치나 뭐 그런 거라고 생각했어요.

그런데 머리카락을 봤을 때, 사람이란 걸 알았어요.

그래서… 제일 가까운 집으로 달려가서, 있는 힘껏 뛰어가서…

경찰한테 전화했어요.

레지 플루티 경관 제가 그 전화를 받았습니다. 거기 갔을 때, 처음, 처음엔 발만 약간 보였습니다. 그리고 차에서 내려 달려갔을 때, 열세 살, 열네 살 정도 된 어린 남자애로 보였습니다. 왜냐하면 등을 땅에 대고 있는데 너무 작고, 울타리 나무 밑동에 묶여 있었으니까요.

할 수 있는 걸 다했습니다. 땅에 쓰러진 남성, 매슈 셰퍼드는 머리가 전부 마른 피로 덮여 있었고, 몸 아래 바닥에도 피가 말라 있었고 거의 숨을 쉬고 있지 않았습니다… 온 힘을 다해 버티고 있었습니다.

인공호흡을 시도하려 했지만 입을 벌릴 수가 없었습니다. 입이 벌어지지 않았던 겁니다.

말씀드린 것처럼, 몸의 일부가 마른 피로 덮여 있었고 머리는 전부 피투성이였습니다. 피가 묻지 않은 유일한 부위는 얼굴이었는데, 눈물이 계속 흘러내렸기 때문인 걸로 보였습니다.

머리는 비틀어져 있었는데, 정상적인 자세로 보이지 않았습니다. 머리에 아주 심각한 상처를 입은 것으로 보였습니다.

캔트웨이 의사 매슈 셰퍼드가 실려 온 밤에 전 응급실에서 일하고 있었습니다. 우리 중 어느 누구도, 어, 그런 지경의 환자를 보는 게… 정말 거의 처음이었던 거 같아요. 대도시 병원에서 근무한 동료들은 봤겠죠. 아, 그렇지만 여기 있는 우리 중에는 대도시 병원에서 일하지 않은 사람도 있거든요. 그리고, 어, 여기서 볼 거라고 예상한 광경은 아니었습니다.

이런 건, 이런 종류의 부상은 시속 130킬로로 언덕에서 달려 온 차와 부딪쳐야 생길 수 있을 겁니다. 그런 일이라야 끔찍한 부상을 생각하잖아요. 소름끼치게, 끔찍한 거요. 그렇지만 사람이 다른 사람한테 이런 짓을 할 거라고는 생각을 못하죠.

구급차에서 구타라고 보고했기 때문에 그래서 우리도 알았습니다.

에런 크라이펠스 제가 할 수 있는 게 없었어요. 제 말은, 그 앨 위해서 제가 도울 수 있는 게 뭐라도 있었다면 했을 거예요. 그렇지만 아무것도 없었어요.

그리고 전, 폐의 모든 공기를 다 짜내서 걔한테 소릴 질렀어요. 뭐라도 반응하지 않을까 해서요.

이런 거요. '야, 일어나.' **'들려?'**

그렇지만 걔는 움직이지 않았어요. 꿈쩍도 안 했어요. 아무 일도 없었어요….

레지 플루티 경관 울타리에 묶여 있었습니다. 저희가 수갑 자세라고 부르는 식으로 엄지가 밖으로 나와 있었습니다. 수갑을 채울 때 쓰는 방식이죠. 아주 가는 흰색 밧줄로 묶여 있었고, 그 밧줄은 울타리 기둥 끝에, 바닥에서 약 10센티미터 정도 높이에 묶여 있었습니다.

신발은 없었습니다.

그는 극도로 단단하게 묶여 있었습니다. 그래서 제 군용 칼을 밧줄과 손목 사이에 밀어 넣어 보려고 했습니다. 더 이상은 매슈가 다치지 않도록 아주 조심해야만 했습니다.

캔트웨이 의사 처음 든 생각은… 당연히 그렇게 생각했죠. 이건 타지 사람 짓이다, 누가 우리 마을에 와서 사람을 팼구나. 제 말은, 이런 일이 일어나면, 걔 같은 일이 생겼다, 그리고 래러미에서 일어났구나. 그런데 만약에 누가 계속해서 구타를 당해 왔다면, 분명히 이건 우리 모두한테 저지른 범죄라는 거죠. 바로 이거예요. 우리 모두한테 저지른 짓이죠!

레지 플루티 경관 너무 단단하게 묶여 있었어요. 겨우겨우 칼을 그 사이로 밀어 넣을 수가 있었습니다. 죄송합니다. 저흰 매슈를 왼쪽으로 굴려야만 했습니다. 그렇게 했을 때 숨을 멈췄습니다. 그 즉시 저는 도로 눕혔습니다. 그 정도 움직인 걸로 간신히, 간신히 풀어 줄 여유가 생겼습니다.

구급대가 막 들어오려는 걸 보았습니다. 구급차가 도착하자 저희는 목 보호대를 채우고는 피해자를 구급 침대에 눕혔고, 울타리 밑으로 옮겨 서둘러 데리고 나왔습니다. 그런 다음에 롭이 구급차를 아이빈슨 병원 응급실로 몰고 갔습니다….

캔트웨이 의사 이상한 건, 매슈가 들어오기 이십 분 전에 에런의 여자 친구가 에런 매키니를 데려왔었어요. 지금 생각해 보니 그날 밤늦게 다시 마을에서 싸움에 휘말렸던 것 같아요. 그래서 에런을 치료하고 있는데, 매슈를 태운 구급차가 들어온 겁니다. 그때 그 시점에선 연관이 있다는 걸 몰랐죠. 전혀요. 그래서 에런한테 기다리라고 하고는 매슈를 치료하러 갔어요. 그래서 응급실 한 방에는 에런이 있고 문 두 개 지난 다른 방에는 매슈가 있었던 겁니다.

그때 매슈를 보자마자… 저희가 어떻게 해 볼 수 있는 상황이 지났다는 게 너무 분명했어요. 푸드르 밸리 병원의 신경외과에 전화를 하고 한 시간 십오 분은 환자가 길에 있었던 것 같아요.

레지 플루티 경관 저한테 사진을 보여 줬습니다…. 며칠이 지나고 매슈의 사진을 봤습니다…. 절대 그 사람인 걸 알아보지 못했을 겁니다.

캔트웨이 의사 그리고 이틀 뒤에야 관련이 있다는 걸 알고 전… 정말… 기함했죠!!! 어린애 둘이에요! 둘 다 내 환자였고 둘 다 애들이라고요. 둘 다 돌봤다고요…. 두 애의 몸을요. 그리고… 잠깐이나마 신께서 저희를 보실 때 이렇게 느끼지 않나 하는 생각이 들었어요. 우리 모두 다 그분의 아이들이고… 우리의 몸… 우리의 영혼…. 그리고 정말 엄청나게 가엾다는 생각이 들었어요…. 둘 다요.

제2막

순간: 래러미 남성

서술자 존 피콕, 매슈의 지도교수입니다.

존 피콕 음, 목요일부터 신문 보도가 흘러나오기 시작했지만, 어떤 이름도 밝혀지지 않고 범죄의 흉악성도 언급되지 않았습니다. 알려진 거라고는 남성, 래러미 남성이 구타당한 채로 발견되었다, 들판 한가운데서 정도였죠. 저녁 때가 되어서야 이름을 언급했습니다. 전 그냥 이랬습니다. 그럴 리 없다. 내가 아는 매슈 셰퍼드는 아닐 거야, 내 학생이 아니야. 내가 면담하고 있는 학생은 아니다.

로메인 패터슨 커피숍에 있었어요.

서술자 로메인 패터슨입니다.

로메인 패터슨 누가 날 옆으로 데려가더니 말했어요. '잘은 모르겠는데, 래러미에서 젊은 애가 얻어맞았다고 그러던데. 그리고 이름이 매슈 셰퍼드래.' 그러곤 묻더라고요. '이거 우리 매슈일 거 같아?'

그래서 제가 그랬죠. '어, 응. 우리 매슈 같은데.'

그런 다음 언니 트리시한테 전화해서 '아는 거 있으면 말해 줘'라고 했어요. 이렇게요. '나 아무것도 모르니까 언니 아는 거 뭐라도 다 들어야겠어.'

트리시 스테거 전화로 동생과 이야길 하고 있는데 모든 이야기가 채널 5번 뉴스에 나오는 거예요. 그리고 그건 마치 **콰광**이었죠.

존 피콕 그리고 계속 뉴스가 들어오는데, 와이오밍 대학교 학생이라더군요. 나이, 생김새, 그건 꼭, '아, 이런 세상에.'

트리시 스테거 그리고, 어 (포즈) 전, 전 토할 것 같아서… 그냥 갑자기 토할 것 같았어요. 그리고 로메인한테 말해 줘야만 했죠. '그래, 매슈야. 네 친구.'

맷 갤러웨이 어, 말할게요. 뭐가 제일 견디기 힘들었는지 말할게요.

서술자 맷 갤러웨이입니다.

맷 갤러웨이 금요일 아침에 전 우선 무슨 일인지 알아야만 했어요. 수업에 갔다가, 걸어 나가서, **쾅** 거기 있는 거죠. 학교 신문이요. 그래서 당장 근처 뉴스 가판대로 가서 『래러미 부메랑Laramie Boomerang』[13]을 샀죠. 왜냐하면 좀 더 자세한 걸 알고 싶었거든요. 산 다음, 집에 가서… 신문을 막 펴려는데, 사장님이 전화를 해서는, 이러시는 거예요.

맷 미컬슨 무슨 일인지 들었어?

맷 갤러웨이 전 그냥 '네' 그랬어요.

맷 미컬슨 걔 화요일 밤에 바에 있었어?

맷 갤러웨이 전 그냥 '네, 네, 있었어요.'

맷 미컬슨 지금 당장 바로 좀 와야겠다. 우리 이야기 좀 해야겠어. 무슨 일이 있었는지 이야길 해 봐야지.

존 피콕 이때가 되어서야 화가 나기 시작했는데, 여전히 심각하다는 발표는 안 나왔어요.

룰런 스테이시 목요일 오후였습니다.

서술자 푸드르 밸리 병원의 룰런 스테이시입니다.

룰런 스테이시 전화를 받았습니다. '방금 와이오밍에서 헬리콥터로 애를 하나 받았는데요, 증오범죄의 희생자인 것 같아요. 여기 질문을 해대는 신문기자가 몇 명 있는데요.' 그래서 우리는 대변인이 필요하다는 데 동의를 했습니다. 시이오인 제가 하기로 했고 할 수 있는 한 모든 정보를 모으려고 애썼습니다.

로메인 패터슨 그러고 나서 그날 밤 열시 뉴스를 봤는데, 거기서 사태의 심각성과 본질에 대해서 이야기를 하더라고요….

맷 갤러웨이 그래서 전 미컬슨 사장님과 전화 중이었는데 사장님이 말하기를.

맷 미컬슨 우리 공소 재판에 가야 해. 이 남자들을 확인할 수 있는지 봐야지. 이 자들이 바에 있었는지 확실히 해야 하거든.

맷 갤러웨이 그래서 저흰 공소 재판에 갔어요.

순간: 기본적 사실

기자 오늘 우리의 관심은 와이오밍의 래러미와 올버니 카운티 법원으로 향해 있습니다. 에런 제임스 매키니와 러셀 아서 헨더슨은 와이오밍의 동성애자 대학생, 매슈 셰퍼드를 잔인하게 구타한 혐의로 기소되었습니다.

캐서린 코널리 공소는 금요일이었습니다.

서술자 캐서린 코널리입니다.

캐서린 코널리 딱 점심 때였어요. 그리고 제가 그랬죠. '난 갈 거야.' 전 그냥 출발했어요. 바로 길 아래였거든요. 몇 블록을 걸어서 갔어요. 공소 재판 이야기 들으셨어요?

대략 백 명 정도의 마을 사람이 와 있었고 언론에서도 그 정도 온 것 같아요. 그때쯤 훨씬 더 많은 사실들이 자세하게 나왔죠. 가해자가 젊은 애들이라는 거, 이 근처에 사는 사람들이라면 다 어느 정도 아는 애들이라는 사실이요. 그리고 정말 모두 다 초조하게 가해자들이 들어오면 무슨 일이 일어날지 기다렸던 것 같아요. 그리고 무슨 일이 일어났냐면, 그때 거기엔 이백 명의 사람들이 있었는데… 두 사람이 족쇄를 차고 오렌지색 죄수복을 입고 들어왔어요. 바늘이 떨어졌다면 그 소리도 들렸을 거예요.

믿을 수 없을 만큼 엄숙했어요.

제 말은, 그때쯤엔 많은 사람들이 눈물을 글썽였어요. 그러다 판사가 들어와 낭독했는데, 기소가 이루어진 증거를 읽어 주는 거요. 그리고, 그냥, 그냥 사실 진술이었고, 그리고 그 사실은….

판사 기본적 사실은 다음과 같습니다. 피고인 에런 제임스 매키니와 러셀 아서 헨더슨은 파이어사이드 바에서 매슈 셰퍼드를 만났고, 셰퍼드가 자신이 동성애자라고 털어놓은 후, 피고인들은 셰퍼드를 속여 자신들의 차로 멀리 떨어진 곳까지 같이 떠나도록 유인했습니다. 그 장소에 도착하자, 두 피고인들은 자신들의 피해자를 나무로 만든 울타리에 묶고, 강탈하고, 고문하고, 구타했습니다…. 이후 그 픽업트럭 운전석에서 피해자, 매슈 셰퍼드의 소유인 검은 에나멜가죽 구두와 신용카드를 확인한 래러미 경찰 소속 경관이 두 사람을 만났습니다.

(판사는 캐서린 코널리가 말하는 동안에도 소리를 낮춰 계속한다.)

피고는 피해자의 신용카드와 현찰이 든 지갑, 피해자의 구두, 그 밖의 다른 물건을 가지고 있었고, 나중에 피해자의 집을 강탈하려고 얻어낸 피해자 주소를 가지고 있었습니다.

캐서린 코널리 법정에 남아 있는 사람 중에 끝에 울지 않은 사람은 없었던 것 같아요. 오 분인가 계속됐는데, 갈수록 점점 더 끔찍해졌어요. 이렇게 끝나면서요.

판사 언급된 피고들은 음, 살려 달라고 애원하는 피해자를 버려두고 떠났습니다.

순간: 살아라 그리고 살게 하라

서술자 힝 경사입니다.

힝 경사 어떻게 이런 일이 일어나죠? 많은 사람들이 그냥 이해를 못했을 겁니다. 저조차도 정말 이해할 수 없었어요. 어떻게 사람이 그런 짓을 할 수 있는지. 우리 주는 동성애자들이 가장 강력하게 의견을 피력하는 곳 중 하나거든요…. 그리고 거의 이런 식이에요. 살아라 그리고 살게 하라.

서술자 래러미 주민 제프리 록우드입니다.

제프리 록우드 제가 말하지 않았던 바람, 타지 사람 짓이었으면 하는 거였습니다. 그러면 당연히 떼어 놓고 볼 수 있을 테니까요. 우린 여기서 아이들을 그런 식으로 키우지 않아요. 음, 우리가 여기서 애들을 그런 식으로 키운 게 정말 맞네요….

캐서린 코널리 그래서 그게 공소 재판이었고, 저는 심한 긴장증처럼 자지도 못하고, 먹지도 못했어요. 아뇨, 잠깐만요. 지금 저만, 저만 두고 가지 마세요.

존 피콕 점점 더 끔찍한 잔인성이, 음, 동기, 어떻게 일어났는지에 대한 자세한 사실이 드러났어요. 그런 다음 진짜 말 그대로 언론은 물러나 버렸고, 더 이상은 그 일을 다시 생각할 시간이 없었죠.

순간: 평야의 보석

카메라, 마이크, 조명을 든 보도팀이 뒤따르며 많은 보도기자들이 무대로 들어온다. 카메라에 대고 말하기 시작한다. 동시에 텔레비전 모니터가 공간으로 들어온다. 텍토닉 시어터 프로젝트의 공연에서는 조명 그리드 위에서부터 모니터가 날아오듯 들어와, 무대에서 기자들이 말하는 것과 다른 미디어 이미지가 모니터에 동시에 나오도록 했다. 미디어의 혼란스러운 소음을 만들어내듯 텍스트가 겹쳐진다. 이 순간이 침입처럼 느껴져야 하고 무대의 다른 배우들에게 그렇게 인지되어야 한다.

기자 1 와이오밍의 래러미, 종종 '평야의 보석'이라는 별칭으로 불렸던 래러미는 이제 폭풍의 눈에 들어와 있습니다.

(기자 2가 들어온다. 기자 1은 낮은 목소리로 계속 말한다.)

카우보이들의 주인 이곳에도 당연히 무식하고 보수적인 백인과 야만인들이 살고 있겠지만, 인구수로 비례해 본다면 편협한 광신도들이 뉴욕, 플로리다, 캘리포니아보다 와이오밍에 더 많이 살고 있진 않을 겁니다. 단지 차이점이라면 와이오밍에선 여러분이 평원의 가축 떼보다 더 눈에 띄는 사람이라면 섞여 들어가기가 쉽지 않다는 겁니다.

기자 2 에런 매키니와 친구 러셀 헨더슨은 이 마을의 가난한 지역 출신입니다.

(기자 3이 들어온다. 기자 2가 낮은 목소리로 계속 말한다.)

두 사람 다 결손가정 출신이고 십대 때 체포된 전력이 있습니다. 트레일러 파크에 살면서 지붕을 고치는 막일이나 패스트푸드 식당 일로 생계를 유지해 왔습니다.

기자 3 동성애자 대학생이 심하게 구타당해 위독한 상태로 입원해 있는 동안 (기자 4가 들어온다. 기자 3은 낮은 목소리로 계속 말한다.) '와이오밍의 고향'이라고 스스로 이름 붙인 이 작은 도시는 남성 동성애자를 대하는 스스로의 태도에 대해 심각하게 고민하고 있습니다.

기자 4 사람들은 매슈에게 일어난 일이 극히 예외적인 사건이었다고 생각하고 싶겠지만, 이 일은 우리 학교에서 매일 일어나고 있는 상황의 극단적 형태일 뿐입니다.

(목소리와 다른 소리가 높은 음으로 올라간다. 그리고 우리가 듣게 되는 마지막 텍스트는 다음과 같다.)

기자 1 맷 셰퍼드도 알고 있었고, 그의 친구들 모두 알고 있었듯이, 카우보이 나라에서 동성애자로 산다는 것은 힘든 일입니다.

(다음의 텍스트를 말하는 동안 기자들은 낮은 목소리로 계속 말한다.)

존 피콕 엄청났죠. 네. 떼로 몰려서, 수백 명이 넘는 기자들이라서, 도시의 인구가 바뀔 정도였다니까요. 사방에 기자들이었어요. 캠퍼스 모든 곳에, 마을 모든 곳에 보도 차량이 있었죠. 그리고 무엇보다도 우린 그런 종류의 관심이 낯설었어요. 그런 식으로 노출되는 일에 익숙지 않았거든요.

서술자 티퍼니 에드워즈, 지역 신문사 기자입니다.

티퍼니 에드워즈 이 사람들은 약탈자들이었어요. 어떤 신문기자는 화장실 변기에 있는 판사를 덮쳐서 질문을 해대는 거예요. 판사가 이랬죠. '실례합니다만 저도 사생활이 있지 않겠어요?' 그리고 기자는 판사가 화장실에서 사생활을 요구했다고 마치 **엄청난 욕을 들은 것처럼** 구는 거예요. 제 말은, 이건 저널리즘이 아닌 거잖아요. 이러려고 구텐베르크 인쇄술이 시작되진 않았다고요.

오코너 박사 얘기 하나 해드릴까. 「하드 카피Hard Copy」14에서 나와 나를 찍어 갔는데 바로 그 시간에 나도 그걸 똑같이 녹음했지. 내가 테이프에 대고 한 말을 다 녹음했으니까 뭔가 조금이라도 이상한 짓을 하려 들면 어떻게 될지 그 사람들 잘 생각해 봐야 할걸.

기자 재선거를 앞두고 있는 초선 공화당원인 와이오밍 주지사 짐 게링거입니다.

게링거 주지사 매슈 셰퍼드에게 행해진 이 극악무도한 범죄에 대해 저는 분노와 증오를 느낍니다. 가족분들께 진심으로 애도를 표합니다.

기자 주지사님, 주지사님께서는 과거에 증오범죄 입법화를 강력하게 지지하지 않으셨는데요.

게링거 주지사 저는 와이오밍 주민 여러분께 누군가에게 다른 사람들을 넘어서는 '특별한 권리'를 줄 수 있는 방식으로 과하게 행동하지 말라고 요청드리고 싶습니다.

매슈 셰퍼드에 대한 잔인한 구타와 고문이 증오에서 유발된 것인지를 우리는 좀 더 지켜보고자 합니다.

힝 경사 뉴스 시작할 때 배경에 나오는 그림이 있어요. '와이오밍 살인'이라고 쓰고 와이오밍이 피나 그 비슷한 붉은색으로 뚝뚝 떨어지는 거예요. 그게 뭐냐 하면, 그런 게, 그게 바로 선정주의예요. 그리고… 여기서 우리는요, "저기요. 하루도 안 지나서 범인을 잡아넣었어요. 그 정도면 우리 꽤 하지 않았나요."

아일린 엔겐 어쨌든 우리는 나쁜 사람이 된 거죠.

서술자 아일린 엔겐과 길 엔겐입니다.

아일린 엔겐 여긴 좋은 마을이 아니라는 거죠. 그런데 우리는, 여기 사람들 대부분은 좋은 사람들입니다.

길 엔겐 어쩌다 한 번씩은 썩은 사과가 생겨요. 그리고 동성애자 사람들이 이걸 기회로 보고 이용하려는 것 같아요. 우리 지금 이거 잘 써먹을 수 있겠다고 한다면서요.

티퍼니 에드워즈 그렇죠. 전 정말로, 음, 미디어가 사실상 사람들이 책임지도록 만들었다고 생각해요. 왜냐하면 사람들이 생각을 하도록 만들었거든요. 사람들이 자기 집에 앉아서, 티브이를 보거나 시엔엔을 듣고 댄 래더[15]를 보면서 그러는 거죠. '세상에, 음 여긴 이렇지 않았잖아.' 음, 여기가 어땠었는데요?

서술자 빌 매키니, 피고 중 한 사람의 아버지입니다.

빌 매키니 이 애 둘이 데리고 나가서 강도 짓을 한 게 이성애자였다면, 이렇게까지 전국적인 뉴스가 안 됐을 겁니다. 재판도 받기 전에 이미 내 아들은 유죄란 말이오.

순간: 의료 상황 업데이트

서술자 룰런 스테이시, 푸드르 밸리 병원의 대표입니다.

룰런 스테이시 그때쯤, 밖을 봤는데 예전 같으면 기자가 두세 명 정도 있었을 겁니다…. 그런데 열 명이나 열다섯 명 정도의 사진기자, 또 다른 스무 명이나 서른 명 정도의 기자들과 열 대 정도의 비디오카메라가 밖에 있을 게 분명했죠. 부모님들이 막 도착하셨고 그 가엾은 분들께… 그분들께 제대로 인사도 드리지 못했죠. 저 밖을 보면서 생각했어요. '세상에, 뭘 해야 하나?'

(카메라를 든 채로 모여 있는 기자들 쪽을 가로질러 간다. 그가 도착하자, 몇 대의 카메라 플래시가 터진다. 카메라를 똑바로 보면서 말한다. 우리는 무대 주변의 모니터에서 그의 이미지를 볼 수 있다.)

서술자 10월 10일 토요일 오후 세시, 매슈 셰퍼드의 상태에 대한 보고입니다.

룰런 스테이시 매슈 셰퍼드는 10월 7일 저녁 아홉시 십오분경에 위독한 상태로 병원에 왔습니다. 도착했을 때 전혀 의식이 없었고, 호흡 보조 기구를 사용해야만 했습니다.

매슈 셰퍼드는 심한 저체온증을 겪고 있었고 머리 뒤에서 오른쪽 귀 앞까지 심하게 골절되어 있었습니다. 이로 인해 뇌출혈이 일어났고 뇌에 압박이 가해졌습니다. 또한 머리, 얼굴, 목 여러 군데에 심한 열상이 있었습니다.

매슈 셰퍼드의 체온은 지난 이십사 시간 동안 계속 36.6도에서 41도까지 불안정하게 변동하고 있습니다. 체온을 안정시키는 데 어려움을 겪고 있습니다.

매슈 셰퍼드의 부모님은 10월 9일 저녁 일곱시에 도착하셨고 지금 그의 옆에 계십니다. 다음은 부모님이 전해 주신 성명서입니다.

'무엇보다도, 매슈를 위로해 주시고 그의 회복을 마음으로 빌어 주시는 이 나라의 모든 분들께 감사드리고 싶습니다. 여러분의 선의와 기도에 감사드리며 매슈도 정말 고마워할 것이라는 것을 알고 있습니다.

또한 보도하시는 분들께 특별히 부탁드리고 싶습니다. 지금 매슈는 가족이 아주 많이 필요한 때이고, 저희의 모든 노력, 생각과 사랑을 아들에게만 집중할 수 있도록 저희와 매슈의 상황을 존중해 주십사 부탁드립니다.'

'깊이 감사드립니다.'

순간: 매슈를 보는 것

서술자 에런 매키니와 러셀 헨더슨 둘 다 혐의에 대해 무죄를 주장했습니다. 여자 친구들인 채서티 페이즐리와 크리스틴 프라이스 또한, 사건 이후 종범從犯으로 기소된 것에 무죄를 주장했습니다. 우리는 다음 방문에서, 사건 담당 형사인 올버니 카운티 본부의 롭 드브리 형사와 이야기했습니다.

롭 드브리 제일 힘들었던 게 매슈가 있는 푸드르 밸리 병원에 가는 일이었던 것 같아요. 가장 힘들었던 일이 매슈를 보고, 그 애를 만지는 거였어요. 살인사건 형사로서, 많은 사체를 봐요…. 이 가엾은 애는 여기 앉아서, 목숨을 걸고 싸우면서, 살아남으려고 했어요…. 전 정말 규범대로 하고 싶었습니다.

에런 크라이펠스 걜 발견했을 때 모습이 머리에서 떠나질 않아요. 어찌 되었건 좋은 광경은 아니죠. 전 거기 있고 싶지 않았어요, 도망가고 싶었어요. 그 장면을 제 머릿속에서 계속 보는 게 제일 힘들었어요. 그리고 전 말하자면 믿을 수가 없었어요. 하필이면 제가 그 앨 발견한 사람이라는 게요. 왜냐하면 제가 정말 묻고 싶은 건요. 제 종교하고도 관련이 있는데, 이런 거죠. 왜 신께서 '나더러' 그를 발견케 하셨을까?

캐서린 코널리 전 스스로를 잘 챙기는 줄 알았는데 말도 안 되게 겁이 났어요. 그래서 어땠냐 하면요. 열두 살짜리 제 아들을 길도 못 걷게 하고… 트럭이 유턴하는 걸 보면 날 쫓아온다는 생각이 드는 거죠. 너무 심하게 떨려서 멈춰 서야만 했어요. 사실, 그 트럭은 절 쫓아오는 게 아니었는데, 너무 무섭고 떨려서 심장이 입으로 튀어나올 것 같았어요.

맷 갤러웨이 기본적으론, 어떻게 생각을 해 봐도 전 정말 기회가 있었어요.

지금에 와서 보면 너무 당연한 건데, 막았더라면, 그때…. 그리고 계속 생각하는 거예요. '알아차렸어야 했는데. 저 사람들이 걔한테 말을 걸 이유가 없잖아. 접시를 닦느라 이십 초만 고개를 숙이지 않았더라도. 그랬더라면 막을 수 있었는데. 도대체 무슨 생각을 하고 있었던 거야?'

롭 드브리 그래서 엄청 공부를 하죠. 몇 시간을 하고 또 합니다. 공부하고 공부하고 공부하고… 경찰들과 이야기하고, 경찰들이 이해했는지 다시 확인하고, 다시 증인들하고 이야기하고, 그러다 보면 매슈를 봤을 때 가졌던 그 느낌이 항상 되돌아와요…. 절대로 지워지지 않을 정도로 아주 단단하게 그 모습을 잡고 있을 겁니다.

레지 플루티 경관 울타리에 갔을 때 무슨 일이 있었냐 하면…. 그냥 너무나 엄청난 양의 피가 있었어요…. 그리고 저흰 보호 장갑을 끼려고 했는데, 그 당시 보안관이 정말 짰거든요. 그래서 진짜 싸구려 장갑을 사 줬죠. 그게, 꼈는데, 끼기만 하면 찢어지는 거요. 결국은 남아나는 장갑이 하나도 없게 되는 거죠. 그래서, 생각해 보세요. 음, 그렇죠. '뭘 망설여' 그랬죠. 계속 마음속에서 그렇게 말하는 거예요, 망설이지 말라고. 그리고 그냥 움직이면서 매슈를 어떻게든 도우려 하다 기도를 찾아야 하고. 네, 그게 해야만 하는 일인걸요.

마지 머리 저번에 내가 말 안 한 게 있는데 레지가 내 딸이거든. 경찰이 되고 싶다고 처음 말했을 때, 음, 걔한테 딱 맞는 일이라고 생각했지. 걔는 뭐든지 자기한테 오는 일은 잘 해내거든….

레지 플루티 경관 하루하고 반나절인가 지났는데, 병원에서 전화가 와서 매슈가 에이즈라고 말해 줬어요. 그러고는 의사 말이, '감염에 노출되셨습니다. 아주 심하게 노출되셨어요.' 그게요, 전, 전, 어, 라마를 키울 별채를 짓고 있었거든요. 그래서 손이 벌어져 상처투성이였거든요. 그래서 말하자면 망한 건데 (레지는 웃는다.) 네, 그리고 생각했죠. '이런 망했다.'

마지 머리 잠이 안 올 정도로 걱정된다는 게 뭔지 알아?

레지 플루티 경관 그래서 의사한테 그랬죠. '그렇군요, 어쩔까요?' 의사가 그랬어요. '당장 오세요.' 병원으로 갔죠. 아지도티미딘ATZ16을 투여했어요. 바로요.

마지 머리 그 사람들 말로는 약이 있는데 만약에 노출된 지 서른여섯 시간 안에 치료받으면… 그 병에 걸리는 걸 막을 수 있을지도 모른다고….

레지 플루티 경관 그거 정말 끔찍한 약이에요. 끔찍했죠. 5킬로가 빠지고 머리카락이 엄청 빠졌죠. 네….

마지 머리 그리고 솔직하게 말하면 난 누구라도 막 후려갈기고 싶었어. 매슈는 아니고, 이건 진짜 알아줘야 하는데, 우리 중 어느 누구도 매슈한테 화가 난 사람은 없었어. 그렇지만 어쩌면 우린 매키니의 머리를 비틀어서 짜 버리고 싶었나 봐. 그리고 헨더슨도 그렇고. 그렇잖아. 겨우 두 놈이 이렇게 많은 사람들에게 이렇게 엄청난 슬픔을 주다니…. 우리 가족 모두에게 끔찍한 일이었지만, 무엇보다도 레지와 레지 애들한테 그랬지.

레지 플루티 경관 그 일 때문에 딸들이 엄마 직업이 뭔지를 확실하게 깨달았던 것 같아요.

마지 머리 어, 레지. 내가 지금 하려는 말이 뭔지 알 거야.

레지 플루티 경관 그러고는 부모님께선… 저한테, 두 분이 똑같이 바로 그 말을 하시더라니까요.

마지 머리 그 망할 놈의 일 그만두지 않을 거니!

레지 플루티 경관 부모님이시니까요. 그렇잖아요, 엄청 자랑스러워하시죠. 왜냐하면 술 취한 사람을 다루건 이런 사건을 다루건 간에 좋은 일을 하는 거니까요. 그렇지만 그렇잖아요. 제가 다치는 건 싫으신 거죠.

마지 머리 내가 그러지, 옳은 방식이 있고, 잘못된 방식이 있고, 레지만의 방식이 있다고.

레지 플루티 경관 그래서 결국은 제가 그랬죠. '아 제발, 이젠 좀 그만해!'

마지 머리 네 고집은 하여간!

레지 플루티 경관 제가 정말 고집이 세다는데 전 그런 말 안 믿거든요. 그렇지만 전 그냥 이러는 거죠. 그럼요. 엄마 의견은 들었고 이제 이게 내 생각이야. 난 서른아홉 살이라고. 말을 안 들으면 어쩔 건데, 엉덩이라도 때릴 거야?

마지 머리 레지, 내가 이젠 못 그럴 것 같니?

레지 플루티 경관 말도 안 되는 상황이죠. 그렇잖아요. 뭐라고 하실 수 있겠어요?

마지 머리 내가 바라는 건 그저 걔가 나보다 먼저 가지 않는 거예요. 그건 도저히 감당할 수 없겠더라고.

순간: 이메일

서술자 와이오밍 대학교 총장 필립 뒤부아입니다.

필립 뒤부아 음, 한 젊은이가요. 『덴버 포스트Denver Post』17에 실린 제 성명서를 읽고 저한테 직접 이메일을 보냈어요. 뭐라고 썼냐 하면,

이메일 송신자 유대인과 집시, 그리고 동성애자들이 죽었을 때 고개를 돌렸던 독일인들만큼이나 당신, 그리고 와이오밍과 래러미의 이성애자들은 매슈 셰퍼드에게 가한 폭력에 대해 유죄입니다. 당신은 당신의 이성애자 아이들에게 게이와 레즈비언 형제자매들을 증오하라고 가르쳐 왔습니다. 매슈 셰퍼드에게 가해진 폭력이 단지 무작위로 일어난 일이 아니고, 단지 두 명의 미친 사람이 이유 없이 저지른 일이 아니라는 걸 혹시라도 인정하지 않는다면, 당신이 인정할 때까지, 당신은 당신의 손에 매슈 셰퍼드의 피를 묻히고 있는 겁니다.

필립 뒤부아 그리고, 어, 음, 이 일이 어떤 의미인지 말로는 도저히 설명이 안 되는군요. 그리고 제가 무슨 생각을 하는지 절대 모르실 겁니다. 이 일이 저와 제 가족과 이 사회에 어떤 의미인지 도저히 모르실 겁니다.

순간: 철야기도

우리는 모니터를 통해 전국에서 행해지는 철야기도의 이미지를 보고 있다.

서술자 벌써 첫 주에만 래러미, 덴버, 포트 콜린스, 콜로라도 스프링스에서 철야기도가 열렸습니다. 그러고는 곧 디트로이트, 시카고,

샌프란시스코, 워싱턴 디시, 애틀랜타, 내슈빌, 미니애폴리스, 포틀랜드, 메인, 그리고 또 다른 곳에서도 있었습니다. 로스앤젤레스에서는 오천 명의 사람들이 모였고, 뉴욕에서는 시민 불복종으로 이어진 정치적 집회가 되면서 수백 명이 체포되었습니다. 그리고 미국과 전 세계에서 백만 명에 가까운 사람들이 매슈의 회복을 기원하기 위해 푸드르 밸리 병원 홈페이지를 방문했습니다.

순간: 의료 상황 업데이트

서술자 10월 11일 일요일 오전 아홉시, 매슈 셰퍼드의 의료 상황입니다.

(룰런 스테이시가 카메라 앞에 있다. 우리는 모니터를 통해 그를 볼 수 있다.)

룰런 스테이시 오늘 오전 아홉시, 매슈 셰퍼드는 여전히 위독한 상황입니다. 가족들은 계속해서 언론에 당신들의 사생활을 존중해 달라고 부탁했습니다. 또한 가족분들은 모든 국민께 매슈를 염려해 주시고 걱정해 주신 것에 대해 감사드리고 싶어 합니다.

순간: 살아라 그리고 살게 하라

제더다이아 슐츠 교회에 갔을 때 일이 좀 있었어요.

서술자 제더다이아 슐츠입니다.

제더다이아 슐츠 그리고 목사님께선 단호하게 당신은 동성애에 동의할 수 없다고 말씀하실 거예요. 저는 모르겠어요. 지금 생각에 전 스스로에 대해 배우는 중이에요. '동성애는 옳다'라는 식으로 말할 수 있도록 결정할 만큼 충분히 아는 것 같지 않거든요. 평생 그건 틀린 거라고 교육받으며 자라났으면요. 그리고 지금은, 전 동의하지 않는다고 말할 거예요. 네, 전 동의하지 않아요. 저는 그럴 수 없으니까요. 그리고 종교적인 입장에서, 그건 신이 의도하신 방식이 아니라고 생각해요. 그렇지만 전 동성애자를 미워하지 않아요. 제 말은요, 전 그 사람들을 처단하거나 뭐 그런 일은 안 할 거라는 거예요. 절대로요. 절대 저와 다른 사람들 사이에 그런 식으로 끼어들지 않을 거예요.

에런 크라이펠스 전 가톨릭이에요. 그렇게 키워졌어요.

서술자 에런 크라이펠스입니다.

에런 크라이펠스 사람은 있는 그대로 사랑하라, 그렇지만 행위는 단죄하라, 삶의 방식을 단죄하라. 꼭 동성애자들을 겁내는 것 같아요. 무슨 이유에선지… 그냥 이런 느낌인 거죠…. 겁내야 한다…. 한 인간으로서는 매슈 셰퍼드라는 사람에게, 네, 이런 일이 생겨서 안 좋죠. 그렇지만 (포즈) 그렇다고 해서 동성애자 공동체에 더 동정심을 느끼진 않습니다.

콘래드 밀러 음, 학교에서 동성애자가 되는 건 괜찮다는 연설이 있었답니다.

서술자 콘래드 밀러입니다.

콘래드 밀러 그리고 제 아이들이 물어보면, 애들을 앉혀 놓고 말할 겁니다. "자, 이게 동성애자들이 하는 짓이야. 바로 (조롱하듯) 동물들이 하는 짓이고. 알겠어?" 그리고 전 그럴 겁니다. "이게 삶이야. 이게 삶의 방식이고, 이건 그 사람들이 하는 짓이고." 이렇게도 말할 겁니다. "그래서 나는 그게 잘못되었다고 믿는 거다."

머독 쿠퍼 여러분이 생각하시는 것보다 더 많은 동성애자들이 주변에 있습니다.

서술자 머독 쿠퍼입니다.

머독 쿠퍼 아무도 성가셔 하질 않아요. 왜냐하면 게이나 레즈비언 들은 대부분 누구랑 이야기해야 하는지를 아주 잘 알거든요. 만약 그 선에서 벗어난다면 자초한 거죠. 사람들 말로는 그가 유혹했다는데요. 아무한테나 그러진 않아요. 그 두 사람을 변명해 주는 건 아니지만, 절반은 매슈 셰퍼드의 잘못이고 절반은 그런 짓을 한 두 사람 잘못이라면 제 기분이 더 나을 겁니다…. 네, 어쩌면 반반의 잘못이라면요.

조너스 슬로너커 음, 바로 이겁니다. 날 안 건드리면 나도 널 안 건드린다.

서술자 조너스 슬로너커입니다.

조너스 슬로너커 그리고 그건 뭔가 유명한 책에도 나오잖아요. 뭐 이런 거죠. 살아라 그리고 살게 하라. 그거 쓰레기 같은 말이에요. 제 게이 친구들조차도 가끔 그렇게 말할 때가 있어요. 전 그럼 친구들한테 말하죠. '그거 쓰레기야, 알지?' 제 말은요, 무엇보다도 그건 이 말이잖아요. 내가 호모라고 말만 안 하면, 날 패지 않을 거라는 말이잖아요. 그게 뭐 그렇게 대단한 말이냐는 거죠. 거기에 뭐 엄청난 철학이라도 있는 건가요?

재키 새먼 네, 레즈비언인 저는 제 안전이 더 걱정됩니다.

서술자 재키 새먼입니다.

재키 새먼 우리 모두 그럴 거예요. 그건 마음속 어디선가 우리 중 누구한테라도 이런 일이 생길 수 있다는 걸 알고 있기 때문일 거예요. 말하자면 길을 걷다가 제 파트너에게 약간이라도 애정표현 같은 걸 하다 사람들이 보게 된다면 겁날 거예요. 여기 래러미에서는 그러지 않거든요.

순간: 그 일은 여기에서 일어났다

주바이다 울라 우리는 촛불 기도회를 갔어요.

서술자 주바이다 울라입니다.

주바이다 울라 그리고 그 일이 끔찍하다고 느끼는 사람들이랑 같이 있는 게 아주 좋았어요. 나만 이렇게까지 끔찍한가 그렇게 느끼고 있었거든요. 무슨 말인지 아시죠? 어떤 사람이 일어나더니 어, 어쩌고 저쩌고, 그러고는 이렇게 말하는 거예요. 제가 잘못 옮기는 걸 수도 있지만 이런 말이었어요. '자, 여러분, 우리 래러미가 이런 마을이 아니라는 걸 세상에 보여 줍시다.' 그렇지만 **이런** 마을이에요. 이런 마을이 아니라면, 왜 이런 일이 여기서 일어났는데요? 제 말은, 제 말 아시겠죠. 그게, 거짓말이잖아요. 여기서 일어났으니까요. 이런 일이 일어나는데 어떻게 이런 마을이 아닌 거죠? 그건, 그냥 말하자면, 에셔[18] 그림을 보면 모든 게 다 혼란스럽잖아요. 그것처럼 전부 다 순환 논리인 거죠. 어떻게 그렇게 말할 수 있죠? 그리고 우린 이런 쓰레기 같은 일이 일어난 동네에, 그런 주에, 그런 나라에 살면서 그걸 애도하고 슬퍼해야만 하는 거예요. 제 말은요, 그 사람들은 범죄와 자신들 사이에 거리를 두려고 애쓰는 거예요. 그렇지만 우린 그 범죄를 지녀야만 해요. 모든 사람들이 그 범죄를 품어야 해요. 우리가 그런 거예요. 우리가 **바로** 그 범죄예요. **바로** 우리가 그 일이라고요.

순간: 섀넌과 젠

스티븐 벨버 오후에 파이어사이드에 있다가 에런 매키니의 친구라는 두 사람과 우연히 마주쳤습니다. 섀넌과 젠입니다. (섀넌과 젠

에게) 에런을 잘 알아요?

섀넌 네, 우리 둘 다 잘 알죠. 처음 이 일에 대해 알았을 때, 정말 정말 끔찍했어요. 에런이 정말 다 망친 건지 아니면 그냥 실수를 한 건지 뭐 그것까진 모르지만요. 매슈는 돈이 있었어요. 씨발, 나보다도 옷을 더 잘 입었던데요. 매슈는 진짜 부자 개년인 거죠.

젠 그래도 걜 부자 개년이라고 부르면 안 돼, 그거 옳지 않아.

섀넌 어, 걔를 나쁜 사람이라고 말하는 게 아니라요. 그냥 잘못된 시간에 잘못된 장소에 있었을 뿐이니까요. 잘못된 말을 하면서요. 그렇지만 모르겠어요. 거짓말은 안 할게요. 전 완전히 약에 절어서 나가서 누구 하나 털어 볼까 생각한 적도 있거든요. 말은 그렇지만 절대 안 했어요. 그렇지만, 뭐 거기 있었잖아요. 너무 쉬운 돈이었거든요.

젠 에런은 전에도 그 짓을 한 적 있어요. 둘 다 해 본 적이 있거든요. 언젠가 둘이 그럴 생각으로 샤이엔으로 가서 삼백 달러인가를 들고 돌아온 적도 있다는 걸 알고 있었어요. 전에도 특별히 동성애자들을 대상으로 했는지는 모르겠어요. 그렇지만 누구든지 돈이 엄청 많아 보이고 힘이나 수적으로 이길 수 있다고 여겨지면, 한번 해 볼 만한 거예요.

스티븐 벨버 그렇지만 이 일이 생겨난 원인으로 동성애 혐오가 포함되어 있다고 생각하나요?

젠 어쩌면요. 어쩌면 매슈가 게이라서 에런이 확 돌았을 수도 있을 거예요. 왜냐하면 안 좋아하거든요. 전에 동성애자들이랑 같이 있는 걸 봤는데, 그러니까, 걔한테 치근덕거리지만 않으면 괜찮거든요. 달라붙지만 않으면요.

섀넌 그렇죠, 걔 앞에서 그 짓을 하지만 않으면요.

스티븐 벨버 에런이 아는 다른 동성애자가 있는 것 같았나요?

섀넌 당연히 있었겠죠. 에런은 케이에프시KFC에서 일했는데 거기 그런 사람들이 몇 있었거든요. 그렇죠. (웃는다.) 그게 나쁘다거나 그렇다는 게 아니에요. 사실 전 모르겠어요. 래러미에서 제가 아는 사람 절반이 동성애자예요.

스티븐 벨버 지금 당장 에런을 만나면 무슨 말을 하고 싶으세요?

섀넌 무엇보다 또 이런 멍청한 짓을 할 건지 물어볼래요.

젠 분명 안 그러겠지. 지금 에런을 본다면 전 이럴 것 같아요. "야, 왜 그렇게 멍청한 짓을 했어?" 그렇지만, 거기에서 제대로 살고 있는지 제일 알고 싶죠. 분명 그럴 거예요. 전 그냥 걔랑 다시 어울려 다니고 그러고 싶거든요.

섀넌 같이 대마초를 피우거나.

젠 분명 지금 엄청 하고 싶을 거예요.

스티븐 벨버 그래서, 두 분 다 래러미 고등학교를 나오셨나요?

섀넌 네, 딱 보면 모르겠어요? 저흰 여기서 만들어졌는걸요.

순간: 홈커밍

기자 원래대로라면 와이오밍 대학교 미식축구팀의 행운과 그에 따른 의기양양한 홈커밍으로 들떠 있는 것 말고 어떤 심각한 일도 없어야 할 이날, 고원에 위치한 이 마을은 끔찍하고도 명백한 반동성애 증오범죄로 인해, 많은 이들이 밤새워 자신들을 뒤돌아보는, 전혀 다른 종류의 토요일 홈커밍을 맞았습니다.

서술자 대학교 총장 필립 뒤부아입니다.

필립 뒤부아 이번 주는 홈커밍 주간입니다. 많은 졸업생들이 마을로 돌아왔고 예정된 퍼레이드가 있을 것입니다. 그런 다음 학생들은 그 뒤를 따라, 아시겠지만 매슈를 지지하는 현수막을 들고 그 뒤를 따를 것입니다. 그리고 모두 학생들이 만든 팔찌를 찰 것입니니다….

해리 우즈 난 마을 한가운데 살아요.

서술자 해리 우즈입니다.

해리 우즈 그리고 내 아파트는 양쪽 거리를 바라보도록 창문이 나 있어요. 하나는 북쪽으로 하나는 남쪽으로. 딱 홈커밍 퍼레이드가 가는 길이죠. 음, 퍼레이드 날에, 전 넘어져서 깁스를 한 채였거든요. 매슈를 위해 같이 걷는 사람들이랑 정말 함께하고 싶었기 때문에 아주 낙담했어요. 그렇지만 못하니까 창문에서 바라보고 있었죠. 그리고 그건… 그건 꼭…. 난 쉰두 살이고 동성애자입니다. 여기 오래 살았고 아주 많은 걸 봤죠. 그리고 홈커밍 퍼레이드를 따라가는 사람들을 보면서 정말 감동받았어요. 약 백 명의 사람들이 매슈 셰퍼드를 위한 현수막 뒤에서 걷고 있었어요.

그러다 행렬이 거리 끝까지 가서 유턴을 해야 하는데, 전 아파트 다른 쪽으로 가서 다시 남쪽으로 내려오는 걸 기다렸죠.

맷 갤러웨이 전 사람들이 매슈를 위해서 들고 있는 현수막 바로 뒤 행렬 맨 앞에 있었거든요. 그리고 있잖아요…. 평생 그렇게 오래 소름이 돋아 본 적이 없었어요. 믿을 수가 없을 정도였어요. 사람들이 어마어마했어요. 가족들이, 어머니들이, 여섯 살짜리 아이의 손을 잡고는 팔찌를 끼워 주면서 왜 그 팔찌를 해야 하는지를 설명해 주고, 그냥 엄청났어요. 그건 완전히, 가장, 제가 평생 한 일 중에서 가장 아름다운 거였어요.

해리 우즈 음, 한 십 분 지났을까. 당연히 퍼레이드가 아래로 내려오기 시작했어요. 그러다 도저히 믿을 수 없는 일이 일어난 걸 알아차렸죠…. 퍼레이드가 아래로 내려오는데… 매슈 셰퍼드를 위해서 걷는 사람들이 네 배로 늘어난 거예요. 적어도 오백 명 정도의 사람들이 매슈를 위해서 걷고 있었어요. 오백 명이요. 상상이 되나요? 매슈를 위해 걷는 뒤쪽 사람들이 퍼레이드 행렬보다 많왔다니까요. 그러더니 계속 사람들이 모이는 거예요. 제가 어땠는지 알아요? 울기 시작했어요. 눈물이 막 얼굴에서 쏟아져 내리는데. 그리고 생각했죠. '살아서 이걸 볼 수 있게 해 주셔서 고맙습니다.' 그리고 두번째로 든 생각은, '고마워, 매슈.'

순간: 우리 중의 하나

셰리 존슨 전 정말로 관련된 모두의 사정을 알지 못해요, 그 자체로는 말이에요. 남편이 고속도로 순찰대라, 그 정도가 딱 제가 안다고 할 수 있는 만큼일 거예요.

처음 알았을 때 그냥 끔찍하다고만 생각했어요. 전 그냥, 전 도저히… 어떤 사람도 그런 일을 당해선 안 되죠! 누구라도 말이에요.

그런데, 알려지지 않은 다른 일이 있었어요. 바로 그때 일어난 일인데 순찰대원 한 명이 죽었어요. 그리고 그건 아무것도 아닌 거였죠. 아무것도. 순찰대원을 죽인 노인에 대해서는 아무도 뭐라고 하지 않아요. 그 노인은 그 길에서 운전을 하고 있었다는데 거기서 운전하다 사람을 죽이면 안 되잖아요. 그냥 신문에 한 줄짜리 기사가 났어요. 그리고 우리는 동료 한 사람을 잃었어요.

맞아요. 남편이 그 대원이랑 같이 일했거든요. 그 사람 신참이었어요. 그런데, 중요한 건요. 여기 우리 중 한 사람이 죽었는데 신문에는 그냥 한 줄짜리 기사인 거예요.

그리고 많게는, 제가 느끼기엔, 언론이 매슈 셰퍼드를 성인인 것처럼 그려 댄다는 거예요. 그리고 무슨 순교자처럼 만들고. 그건 아니잖아요. 그렇게까지 순결하진 않을걸요.

지금, 전 매슈 셰퍼드를 모르지만… 그 사람에 관해 제가 알게 되는 너무 많은 사실들이 그냥 겁나죠. 어떤 사람인지, 에이즈를 퍼뜨리거나 다른 사실도 그렇고요. 어떤 사람이었는지를 알 수 있는 거 말이에요. 매슈 셰퍼드는, 그냥 술집이나 전전했던 사람이었겠죠. 자학했던 것 같아요. 그걸 과시했었을 거고요.
다들 힘들게 살아요. 그런데 왜 그 사람을 본보기로 삼으려 하는지 모르겠어요. 동성애자라고 뭐가 다른데요? 증오범죄는 증오범죄일 뿐이죠. 누군가를 죽였다면 싫어서 그랬겠죠. 그건 죽은 사람이 동성애자건 매춘부건 뭐건 상관없는 거예요.
이해가 안 돼요. 이해가 안 됩니다.

순간: 동성애자 두 명과 가톨릭 사제 한 명

서술자 극단원 리 폰다카우스키입니다.

리 폰다카우스키 두번째 래러미 여행이 끝날 무렵, 그레그와 난 쉬지 않고 인터뷰를 진행해서 완전히 지쳤었다.

그레그 퍼라티 아침 일곱시 반에 로저 신부님을 만나기로 했다. 전부 다 건너뛰어 버렸으면 좋겠다고 바랐지만 끝까지 다 해야만 하니까. 그래서 자, 가자. 아침 일곱시 반, 동성애자 두 명과 가톨릭 사제.

로저 슈미트 신부 매슈 셰퍼드는 우리에게 큰일을 해 준 겁니다. 아시겠습니까? 우리한테 훌륭한 일을 한 거예요. 매슈를 완벽한 우상으로 만들어 버리겠다는 말이 아닙니다. 매슈 셰퍼드보다 이 마을에 더 큰 영향을 끼친 사람을 떠올릴 수가 없어요.
그리고 전 그냥 여기 앉아서 "난 그냥 이렇게 용맹하고, 두려움이 없는 사람이었습니다." 뭐 이런 이야기나 하는 게 아니에요. 전 겁에 질렸죠. 이 일이 일어났을 때 마을에 의견을 아주 강하게 밝혔습니다. 그러고는 생각했죠. '우리, 어, 우리 추기경님께 전화해서 철야기도 해도 되는지 여쭤봐야 하는 거 아닌가?' 그리고 전 이랬어요. '에이, 아니지. 그러진 말자.' 추기경님의 허락이 이걸 옳은 일로 만들어 주는 게 아니에요, 아시겠죠? 그리고 추기경님을 비판하자는 게 아닙니다. 그렇지만 옳은 일은 옳은 겁니다.

여러분들은 여기 자료 조사를 하러 오셨겠죠. 그런데요. 저는 이럴 겁니다. 여러분들이 이 일을 희곡으로 쓴다면, 전 여러분들을 믿습니다. 여러분들은 (포즈) 제대로 말할 거라고, 옳게 말할 거라고. 전 여러분들이 그렇게 할 책임이 있다고 생각합니다.

제발, 절대로, 절대로, 음 (포즈) 절대로 일을 악화시키지 말아 주세요…. 저들이 매슈한테 한 일을 폭력이라고 생각하시죠. 매슈한테 폭력을 행사했지요. 그렇지만요, 매 순간, 여러분들이 호모라고 불릴 때마다, 또는 그러니까, 레즈나 뭐 그런 걸로….

리 폰다카우스키 다이크요.

로저 슈미트 신부 다이크. 그렇죠, 다이크. 그런 멸칭이 폭력이라는 거 아세요? 바로 폭력의 씨앗입니다. 혹시라도 여러분들이 제가 말한 것 중 어떤 거라도, 어, 아시죠, 어떤 식으로든, 아주 작은 형태라도 그런 종류의 폭력을 키우는 데 사용한다면 전 엄청 화낼 겁니다. 전 엄청나게 분노할 거예요. 그건 아셔야 합니다.

리 폰다카우스키 그렇게 말씀해 주셔서, 신부님, 고맙습니다.

로저 슈미트 신부 진실만 다루어 주세요. 진실이 뭔지 아시죠. 그걸 올바르게 말하는 데 최선을 다해야만 합니다.

순간: 크리스마스

서술자 앤드루 고메즈입니다.

앤드루 고메즈 거기 있었을 때, 십이월이었고 에런과 같은 감방에 있었지요. 크리스마스에 들어갔거든요. 폭력과 구타, 두 가지 죄목으로. 그 얘긴 하고 싶지 않네요. 아무튼 거기 앉아서 같이 크리스마스 저녁을 먹고 있었는데요. 고기랑 씨발 빵이랑, 롤인지 뭔지 그런 것들요. 그 자식한테 물었죠. 이렇게, '어이, 말해 봐, 말 좀 해 봐. 왜 그랬는데.' 그러니까 제가 어떻게 말했냐 하면요. 이런 거죠. '호모 새낀 왜 죽였냐. 너 나중에 호모가 될 팔잔데 말이지?' 안 그래요? 제 말은, 생각해 보세요. 그 자식 엄청 박히거나 뭐 죽겠죠. 그래서 왜 그런 거냐, 생각해 봐라, 난 이해가 안 된다고 했어요.

그리고 그 자식이 뭐라 그런 줄 아세요? 신에게 맹세하는데, 딱 이렇게 말하더라니까요. '그 자식이 내 자지를 잡으려고 했단 말이야.' 이게 그 자식 말이에요. 와! 멍청한 거죠. 등신, 별 거 아닌 것처럼 연기도 못한다니까요.

요즘 듣기로는요. 걔들 경매 붙었대요. 거기 중범죄자 방이요. 살인자들만 가는 데거든요. 에런이 감방에 온다는 걸 알자마자, 경매 붙이기 시작했다고 들었어요. '쟤가 맘에 드는데. 담배를 다섯, 여섯, 일곱 갑을 빼놓지.' 그 자식 엉덩이를 경매하는 거죠. 제가 걔네 둘이라면 감방 가는 거 진짜 겁날 거예요.

순간: 생활방식 2

침례교 목사 안녕하세요.

어맨다 그로닉 목사님?

침례교 목사 네, 안녕하세요.

어맨다 그로닉 제가 만나 뵙고 싶어 한다고 사모님께 말씀들으셨을 거예요.

침례교 목사 네, 말해 줍디다. 이왕 이렇게 된 거 말하죠. 어, 이 사건에 대해 이야기 자체를 하고 싶은 건지도 잘 모르겠지만, 어, 어쨌든 나도 약간은 관련되어 있으니. 그리고 난 그냥….

어맨다 그로닉 네, 전 정말 이해하고 전혀 목사님을 탓하지 않습니다. 아시겠지만, 일요일에 목사님 예배를 갔었어요.

침례교 목사 일요일에 예배에 왔었어요?

어맨다 그로닉 네, 갔었습니다.

침례교 목사 일요일이요?

어맨다 그로닉 네, 지난 일요일이요.

침례교 목사 우리 만났던가요?

어맨다 그로닉 네, 시작하실 때 절 환영해 주셨던 것 같아요.

침례교 목사 그렇군요. 음, 이 얘긴 하죠. 저는 반박을 당하거나 제 생각을 털어놓는 게 겁나지 않습니다. 그리고 꼭 제 신도들 생각과 같은 건 아닙니다. 지금 말씀드리듯이, 저도 어찌되었건 관련되어 있으니까. 이 사건에 엮인 사람들 절반이, 음, 피고인의 여자친구가 저희 교회 신도입니다. 피고 중 한 명이 교회에 온 적도 있고요.

어맨다 그로닉 아, 네.

침례교 목사 이제 피고 두 사람은 자신들의 삶을 몰수당했어요. 지금 이야기하고 있는 이 두 사람을 아주 오랫동안 쫓아다니면서 제대로 살게 하려고, 바른 일을 하게 하려고 애썼죠. 지금, 한 애는 자살을 할까 봐 다들 감시 중이고 저는 그 아이를 면담하고 있어요. 그 사람들이 개를 의자에 앉혀서 스위치를 켤 때까지 저는 그 애의 구원을 위해 노력할 겁니다. 그 애들이 사형받아 마땅하다고 생각합니다. 그 애들을 영적으로 도와주려 애쓰고 있습니다.

어맨다 그로닉 네, 이해합니다.

침례교 목사 음, 희생자는, 그런 식의 생활방식이 합법이라는 건 알지만, 하나만 이야기하죠. 매슈 셰퍼드가 울타리에 묶였을 때, 누군가 주님의 말씀을 들려줘서 참회할 시간이 있었더라면 그리고 그가 혼수상태에 빠지기 전에 자신의 생활방식을 후회할 기회가 있었더라면 하고 바랍니다.

어맨다 그로닉 고맙습니다, 목사님. 말씀해 주셔서 감사드립니다.

(무대에 비가 떨어지기 시작한다.)

순간: 그날 밤

룰런 스테이시 그날 밤 열한시 삼십분, 잠자리에 막 들자마자, 저희 총괄이사 마고가 전화를 해서 그러더군요. '혈압이 떨어지기 시작해요.' '어, 일단 기다려 봅시다.' 십 분 후인가 다시 전화가 왔는데, 방금 사망했다더군요. 그래서 전 서둘러 옷을 입고 갔습니다. 그리고 어, 가족들이 계신 중환자실로 갔는데 주디 셰퍼드 씨가 오셨고 절 안으셨어요. 저는 어머님을 안고 그냥 거기 서서, 정말로 한 십 분인가를 그냥, 달리 뭘 할 수 있겠어요?

그러고 나서 어쨌든 앉아서 이야기를 해야만 했죠. '아버님, 이젠 모두가 기다립니다…. 제가 지금 나가서 상황에 대해 이야기를 하려 합니다.'

그 시점이 되니까 우리 다 분명하게 안 거죠. 온 세상이, 모든 세상이 다 보고 있다는 걸요.

그리고 어머님께서 제가 했으면 하는 이야기를 해 주셨습니다. 그래서 새벽 네시에 제가 나갔죠.
(가로질러서 카메라로 향한다.)

순간: 의료 상황 업데이트

서술자 10월 12일 월요일 새벽 네시 삼십분, 매슈 셰퍼드 의료 상황에 대한 보고입니다.

룰런 스테이시 10월 12일 월요일 밤 열두시에, 매슈 셰퍼드의 혈압이 떨어지기 시작했습니다. 저희는 즉각 병원에 와 계셨던 가족들에게 알렸습니다.
열두시 오십삼분, 매슈 셰퍼드는 사망했습니다. 가족들이 그 옆을 지켰습니다.
유가족은 다음의 성명을 말씀드리고자 합니다.
'유가족께서는 다시 한번 당신들의 아들을 위해 전 세계가 보여 준 믿기지 않을 정도로 큰 관심에 대해 진심 어린 감사를 전해 달라고 부탁하셨습니다.
유가족분들은 생명유지장치를 계속해야 할지 결정하지 않아도 되는 것에 감사해 하고 있습니다. 착한 아들이었던 매슈는 끝까지 가족들을 염려했고 가족에게 더해질 어떠한 죄책감이나 압박도 없애 주었습니다.
매슈는 너무나 일찍 이 세상에 왔고 너무나 일찍 이 세상을 떠났습니다.'
매슈 어머니의 말입니다. '집으로 가세요, 아이들을 안아 주시고 단 하루라도 아이들에게 사랑한다고 말하지 않은 채로 보내지 마세요.'

순간: 증오의 규모

룰런 스테이시 그리고 **어쩌다** 그런 일이 생겨 버렸는지는 모르겠지만, 전국으로 나가는 생방송 중에 넋을 놓아 버렸죠. 그게 거의 칠십이 시간을 긴장한 채로 있다가 집에서 삼십 분 자고는 다시 와서인지, 아니면 제가 그냥 좀, 모르겠어요. 그런데 (포즈) 완전히 머릿속이 죽어 버린 것처럼, 거기서 성명서를 읽는데 제 네 딸이 생각났어요. 집에 가서 안아 줘야겠다고 (울기 시작한다.) 그리고 생각했죠. 아, 저 분은 더 이상 아이가 없구나.

거기서 저는 그렇게 울면서 생각했어요. '정말 너무 엉망이야.'

음, 사람들이 저희에게 이메일과 편지를 보내기 시작했어요. 대부분은 그냥 일반적으로 아주 친절했어요. 그렇지만 이런 것도 받았어요. '환자들이 죽으면 항상 그렇게 티브이에 나와서 애처럼 우나요. 아니면 그냥 호모들한테만 그러나요?' 그리고 전에도 말씀드렸지만, 동성애는 제가 동의하는 생활방식이 아닙니다. 음, 그렇지만 이 사건에 부딪치고 나니 (포즈) 몇몇 사람들이 품은 증오의 규모를 이해할 수가 없어요. 받은 편지 중에서 그런 편지는 두세 통 있었던 것 같네요. 대부분의 편지는, 배려와 동정심에 고맙습니다, 그리고 매슈는 여기 도착한 순간부터 배려와 보살핌을 받았습니다 같은 거였습니다.

순간: 희-망

스티븐 벨버 오늘 오코너 박사와 이야길 하면서 우린 러셀 헨더슨과 에런 매키니의 재판 때 다시 올 거라고 말했다. 그리고 이게 그가 한 말이었다.

오코너 박사 내 말 좀 들어보시오. 만약에 저 둘이 사형 집행을 받는다면, 그건 매슈가 걔들에 대해 생각한 모든 걸 다 저버리는 일일 거요. 왜냐하면 매슈는 저 둘이 죽기를 바라지 않을 거거든. 걔는 저 놈들한테 희망이란 걸 남겨 주고 싶을 거요. (철자를 말한다.) 희-망. 온 세상이 매슈가 살아 주기를 바랐던 것처럼 말이지. 모든 게, 알겠지, 모든 것들이, 희망으로 묶이는 걸. 희-망.

제3막

무대는 이제 오른쪽의 의자 몇 개를 빼고는 비어 있다. 의자들이 무대의 절반을 채우고 있다. 모두 관객을 향해서 놓여 있고 마치 교회나 법원인 것처럼 줄 맞춰 정리되어 있다. 불이 들어오면, 몇 명의 배우들이 검은 옷을 입고 의자에 앉아 있다. 몇몇은 우산을 들고 있다. 침묵 속에서 이 이미지와 함께 몇 번의 사이. 그러다 맷 갤러웨이가 무대 왼쪽에서 들어온다. 의자에 앉은 사람들을 보며 말한다.

순간: 눈

맷 갤러웨이 장례식 날, 눈이 엄청 왔어요. 엄청 크고 젖은 눈송이요. 그리고 제가 도착했을 땐, 검은 옷을 입고 우산을 든 수천 명의 사람들이 모든 곳에 있었어요. 교회 두 곳에서 했거든요. 한 곳은 가족, 어, 초대받은 조문객이랑 그런 사람들이요. 그리고 다른 교회는 그 자리에 있고 싶어 한 다른 사람들을 위해서였죠. 그러고 나서도 여전히, 양쪽 교회에 다 들어갈 수 없었던 수백 명의 사람들이 밖에 있었어요. 교회 옆에 큰 공원이 있었는데, 그들은 거기 있었어요. 그 공원에 가득했죠.

사제 오늘의 예배는 부활절 예배입니다. 부활절이란 주 그리스도의 부활에서 그 의미를 찾습니다. 의식은 여러분이 모두 함께하셔야 합니다.

사제 주께서 여러분과 함께.

사람들 그리고 또한 사제와 함께.

사제 기도합시다.

티퍼니 에드워즈 그리고 정말 지금까지 그 마을에 왔던 눈보라 중 최악이었던 것 같아요.

서술자 티퍼니 에드워즈입니다.

티퍼니 에드워즈 딱 보면 누구라도 그렇게 말할걸요. 나무가 쓰러지고 눈 때문에 전기가 이틀이나 나갔어요. 딱 그런 생각이 들었어요. '우주가 화내는 거야, 그렇고말고.' 뭔가 저 위의 누군가가, 태풍을 일으키는 그런 힘이 이 눈사태를 일으키는 것 같았죠.

사제 우리의 형제, 매슈를 위해서, '나는 부활이고 나는 생명이니라'라고 말씀하신 우리의 주 예수 그리스도께 다 같이 기도합시다. 주께 기도합시다.

사람들 주님, 우리의 기도를 들어주소서.

(사제가 시작하고 낮은 목소리로 계속한다.)

사제 주여, 마르다와 마리아를 어려움 속에서 위로해 주신 주님, 매슈를 위해 슬퍼하는 저희를 더 가까이 모아 주시고 지금 우는 자들의 눈물을 닦아 주소서. 주께 기도합시다.

사람들 주님, 우리의 기도를 들어주소서.

사제 당신의 친구이신 나사로의 무덤에서 눈물을 흘리신 주님, 저희의 슬픔에서 저희를 위로해 주소서. 주께 기도합시다.

사람들 주님, 우리의 기도를 들어주소서.

사제 죽은 자를 일으켜 살리셨으니, 저희 형제에게 영원한 생명을 주소서. 주께 기도합시다.

사람들 주님, 우리의 기도를 들어주소서.

사제 회개한 도둑에게 천국을 약속하셨으니, 저희 형제에게 천국의 기쁨을 가져다주소서. 주께 기도합시다.

사람들 주님, 우리의 기도를 들어주소서.

사제 그는 당신의 살과 피로 키워졌습니다. 천국에 있는 당신 왕국의 식탁에 그를 앉혀 주소서. 주께 기도합시다.

사람들 주님, 우리의 기도를 들어주소서.

사제 형제의 죽음으로 저희가 느끼는 슬픔에서 위로해 주소서. 저희 믿음이 저희의 위안이 되도록 하소서. 그리고 저희 희망에 영생을 주소서. 주께 기도합시다.

케리 드레이크 장례식에서 제가 가장 충격받았던 일은요….

서술자 케리 드레이크, 『캐스퍼 스타 트리뷴Casper Star-Tribune』 기자입니다.

케리 드레이크 캔자스에서 온 프레드 펠프스 목사를 본 거였죠…. 공원에서 정말 장관이었죠.

프레드 펠프스 목사 성경을 믿습니까? 귀한 자를 사악한 무리로부터 갈라놓아야만 한다는 것을 믿습니까? 성경의 그 구절을 믿습니까? 성경의 사실에 무지한 채로, 성경에서는 신의 사랑을 이야기하는 모든 구절마다 두 번씩 신의 증오에 대해 이야기한다는 것도 모른 채 그저 거기 서 있을 뿐입니다.

(프레드 펠프스 목사가 낮은 목소리로 계속한다.)

케리 드레이크 학교에서 조퇴한 고등학생 한 무리가 와서는 시위대 사람들에게, 프레드 펠프스 무리에게 소리를 지르기 시작했고, 길 건너편에는 장례식에 참석한 사람들이 줄 서 있었어요…. 음, 기억나는 건 어떤 남자가 오고 있었습니다. 스킨헤드에 징 박힌 가죽옷을 입고요. 그리고 시위대가 있는 쪽에서 길을 가로질러 이쪽으로 와서 전 생각했죠. '아, 진짜 엄청 끔찍한 일이 생기겠다.' 그런데 여기로 오더니 사람들을 이끌고 「어메이징 그레이스Amazing Grace」[19]를 부르기 시작했어요.

(사람들이 「어메이징 그레이스」를 부른다.)

프레드 펠프스 목사 이 일이 주 정부가 다루는 그저 그런 살인사건이었다면 우리는 여기 있지도 않았을 겁니다. 주 정부가 다뤄야 하는 살인사건이 하루에만 수백 건이 됩니다. 그런데 이 살인은 다릅니다. 왜냐하면 동성애자들이 우리를 여기로 끌어낸 다음 매슈 셰퍼드를 동성애자들의 생활방식을 광고할 자랑거리로 만들려고 하기 때문입니다. 그리고 우리는 그에 답하려고 합니다. 그렇게 간단한 겁니다.

(프레드 펠프스 목사가 낮은 목소리로 계속한다.)

서술자 육 개월 후에 극단은 러셀 헨더슨의 재판 때문에 래러미로 다시 왔습니다. 두 명의 가해자 가운데 먼저 진행하는 재판이었습니다. 사형이 구형될 수도 있는 살인 재판이었거든요. 올버니 카운티 법원으로 갔을 때, 프레드 펠프스가 이미 와 있었습니다.

프레드 펠프스 목사 여러분은 신의 그 본성을 좋아하지 않을 겁니다.

서술자 그렇지만 로메인 패터슨도 이미 와 있었죠.

프레드 펠프스 목사 신의 그 완벽한 본성. **우리는** 바로 신의 그 본성을 사랑하는 겁니다. 그리고 우리는 그걸 전파할 겁니다. 왜냐하면 신의 증오는 순수하니까요. 이는 결정입니다. 신께서 몇 사람은 지옥으로 보낼 것이라는 결정입니다. 그것은 신의 증오로서….

(낮은 목소리로 계속한다.)

우리는 여기 신의 메시지를 들고 서 있습니다. 신의 메시지를 들고 서 있습니다. 동성애는, 호모는 괜찮은 것인가? 그건 우리가 판단할 일이 아니라는 말은 무슨 의미입니까? 신께서 호모를 싫어하지 않는다면, 왜 그들을 지옥에 넣을까요? …이렇게 견고한 복음의 진실이 앞에 있는데 저 멍청한 논리의 헛됨과 무력함이 보이지 않습니까? 저 헛됨과 무력함. 여러분의 생활방식입니다. 여러분의 멍청한 논리입니다.

로메인 패터슨 프레드 펠프스가 매슈의 장례식에서 시위를 하는 걸 보고 나서 그리고 러셀 헨더슨의 재판 때문에 래러미에 온다는 걸 알고 나서, 누군가는 이 사람과 정면으로 맞서서 다르다는 걸 보여 줄 필요가 있다고 결심했습니다. 그리고 이런 때일수록, 바로 지금 온 나라가 이렇게 증오에 대해 이야기하고 있을 때, 그런 증오를 다루는 더 좋은 방법이 있다는 걸 누군가는 보여 줄 필요가 있다고 생각했어요.

그래서 우리가 생각한 건 천사처럼 차려입는 거였어요. 그리고 천사 의상을 디자인했어요. 날개를 '엄청' 크게요. 완전 완전 거대한 날개요. 우리가 열 명에서 스무 명의 천사가 되어 뭘 하냐면, 펠프스를 둘러싸는 겁니다…. 큰 날개 때문에, 우리가 완-전-히 막을 수 있는 거죠.

그래서 이 엄청난 날개의 천사 군단이 들어와서는, 좆나 한마디도 하지 않고, 그냥 펠프스한테 등을 돌린 채로 거기 서 있는 거예요…. 우리는 평화와 사랑과 공감의 메시지를 만들어내는 사람들이고요. 우린 그 작전을 '천사 투쟁'이라고 부를 거예요.

네, 바로 스물한 살짜리 이 조그만 레즈비언이 안전선을 쳐 줄 준비가 된 겁니다.

프레드 펠프스 목사 옛 사역자들께서 저에게 손을 내려놓으시는 것을 안수按手라고 합니다. 곧 저자들은 구형을 선고할 것입니다. 저는 이사야 서 58장, 첫줄로 하겠습니다. "크게 외치라. 목소리를 아끼지 말라. 네 목소리를 나팔같이 높여 내 백성에게 그들의 죄를 알리라."

로메인 패터슨 그리고 저는 천사들이 펠프스가 소리 지르고 말하는 모든 공격을 다 받을 거라는 걸 알고 있었죠. 제 말은, 저희가 시야를 막을 거니까 마치 지옥이라도 된 것처럼 난리를 쳤으리라는 거죠…. 그래서 저는 나가서 제 천사 모두를 위해 귀마개를 사 왔어요.

(「어메이징 그레이스」가 끝난다.)

순간: 배심원 선정

법정 집행관 개정합니다.

(모두 일어난다.)

서술자 로메인 패터슨의 언니, 트리시 스테거입니다.

트리시 스테거 배심원 선정이 시작되자마자, 그렇죠, 다들 제 가게에 와서는 '이 재판에선 하고 싶지 않아. 난 부르지 않으면 좋겠는데' 라고 하거나 '어떡해, 나야. 어떻게 못 하겠다고 하지?' 그냥 할 수만 있다면 다들 이 일과 멀리 떨어져 있고 싶어 했어요…. 배심원을 하게 될까 봐 다들 겁을 냈어요.

그러다 들었어요…. 배심원 후보자에게 질문할 때 헨더슨을 법정에 앉혀 놓는다는 거예요. 그리고 물어보는 질문이, '이 사람에게 기꺼이 사형 집행을 할 수 있습니까?'라는 거죠.

많은 대답이 '네, 그럴 수 있습니다'였다는 거 이해해요.

배심원 네. 그럴 수 있습니다, 판사님.

배심원 네.

배심원 당연하죠.

배심원 네, 재판장님!

(다른 배심원들도 계속한다.)

배심원 당연합니다.

배심원 그럼요.

트리시 스테거 음, 이걸 듣는 게 어땠을지 상상이 되나요? 그렇잖아요, 배심원이 계속해서 차례대로….

순간: 러셀 헨더슨

(「어메이징 그레이스」가 다시 시작된다.)

판사 지난번에 무죄라는 주장을 제기했었죠, 헨더슨 씨. 그런데 오늘 그 진술을 바꾸고 싶다고 들었습니다. 맞습니까?

러셀 헨더슨 네, 재판장님.

판사 지금, 헨더슨 씨, 선고된 구형이 이중종신형이라는 것을 이해합니까?

러셀 헨더슨 네, 재판장님.

판사 이 형량이 동시 집행되거나 순차 집행[20] 될 수 있다는 것을 이해합니까?

러셀 헨더슨 네, 재판장님.

판사 헨더슨 씨, 이제 어떻게 주장하고 싶은지를 묻겠습니다. 유죄입니까, 무죄입니까?

러셀 헨더슨 유죄입니다.

판사 동시 집행할 것인지 순차 집행할 것인지를 결정하기 전에, 적어도 한 사람은 이런 식으로 진술했다고 이해하겠습니다.

서술자 다음은 루시 톰프슨 부인의 법정 진술서 요약입니다.

루시 톰프슨 러셀을 키운 할머니로서, 제 가족과 함께 다음의 진술서를 작성했습니다. 셰퍼드 가족이 겪는 고통과 괴로움을 생각하면 저희 마음이 찢어집니다. 저희는 바로 처음부터 셰퍼드 가족을 위해 기도드렸습니다. 하루에도 여러 번 저는 매슈를 생각합니다. 그분들의 고통이 결코 사라지지 않을 것을 잘 알고 있기에, 그분들은 언제까지나 저희 기도와 생각 속에 계실 겁니다. 그분들께서 이렇게 청원을 할 수 있도록 자비를 보여 주시고, 살 수 있는 모든 기회를 저희에게 주신 것에 너무나 감사를 드립니다. 재판장님, 저희는, 가족으로서, 러셀에게 형을 선고하실 때, 이중종신형을 동시 집행해 주시기를 바랍니다. 저희가 잘 알고 저희가 사랑하는 러셀을 위해서, 재판장님, 머리 숙여 러셀을 저희의 삶에서 영원히 데려가지 말아 달라고 부탁드립니다.

판사 감사합니다. 헨더슨 씨, 원한다면 진술을 할 헌법적 권리가 있습니다. 하고 싶은 말이 있습니까?

러셀 헨더슨 네, 재판장님. 셰퍼드 아버님과 어머님, 그날 밤 일어난 일은 단 한순간도 제 눈앞에서 사라진 적이 없습니다. 제가 아주 잘못된 일을 저질렀다는 것을 알고 있고 제가 한 일을 깊이 참회합니다. 저는 일어난 일에 대해 진심으로 애도합니다. 언젠가 여러분들이 마음속으로부터 절 용서해 주실 수 있기를 바랍니다. 재판장님, 제가 잘못했다는 것을 알고 있습니다. 제가 저지른 일을 많이 뉘우치고 있습니다. 그리고 제가 한 일에 대한 죗값을 받고자 합니다.

판사 헨더슨 씨, 당신은 매슈 셰퍼드를 죽음으로 데려간 차량을 운전했습니다. 당신은 피해자를 잔인하게 구타한 다음, 탈출해서 자신의 이야기를 하지 못하도록 그 나무 울타리에 묶었습니다. 피해자가 살아날 수 있는 기회가 있었을지도 모르는데, 아무것도 하지 않은 채로, 피해자가 거기 있다는 사실을 아주 잘 알면서도 열여덟 시간이나 저 바깥에 버려두었습니다. 헨더슨 씨, 법정은 이 일에서 당신의 역할에 당신이 정말로 진심 어린 후회를 한다고 믿지 않습니다. 그리고 나는, 헨더슨 씨 당신이 자신이 저지른 일의 심각성을 완전히 인식하고 있는지 잘 모르겠습니다.

법정은, 그러므로 다음과 같이 선고하는 것이 적절하다고 판단했습니다. 세번째 기소 조항인 강도살인죄로, 자연사로 사망할 때까지 종신금고형을 선고합니다. 첫번째 기소 조항인 유괴에 대해서는, 자연사로 사망할 때까지 종신금고형을 선고합니다. 첫번째 기소 항목의 집행은 세번째 기소 항목의 집행 다음 순차적으로 집행합니다.

서술자 심리 이후, 우리는 러셀 헨더슨의 모르몬교 가정 방문 교사 진 프랫과 이야기를 했습니다.

진 프랫 전 러셀의 가족을 삼십팔 년간 알고 지냈습니다. 러셀이 이제 스물한 살이니, 평생을 알고 지낸 거죠. 전 러셀을 모르몬 교회

사제로 임명했었는데, 그래서 이 일이 일어났을 때, 어땠는지 아시겠죠. 믿기질 않았죠…. 형을 받자… 교회는 징계위원회를 열었고 러셀을 모르몬 교회에서 파문하는 걸로 결정했습니다. 그 말은 교회 기록에서 이름이 지워져 버린다는 거였죠. 그렇게 되면 어느 누구도 그 사람을 방문하도록 배정받지 못하고, 기도할 때 그 사람을 기억해선 안 되고, 특정한 기록이나 기도문에서도 그 사람들의 이름을 꺼내선 안 됩니다. 그렇게 그냥 사라져 버리는 겁니다.
그걸 들었을 때 러셀은 잘 받아들이지 못했습니다. 괴로워했어요. 자기가 저지른 죄가 얼마나 심각한지를 깨닫게 되어 괴로워한 겁니다.
그렇지만 전 러셀을 버리진 않을 겁니다. 제 종교와 그 가족과의 우정이 달린 일입니다.
(모두 나간다. 러셀, 러셀의 할머니, 러셀의 가정 방문 교사 위로 조명이 흐려진다.)

순간: 「미국의 천사들」

서술자 래러미를 떠나기 전에, 연극학과로 가서 리베카 힐리커를 다시 만났습니다. 올해 대학에서 「미국의 천사들」을 공연할 거라고 합니다.

리베카 힐리커 전 그게 대학이 잡은 방향이라고 생각합니다. 우리가 할 일이 아주 많다는 거요. 우리가 학생들에게 닿는 길을 찾아야 할 의무가 있다는 거…. 그리고 질문은, 우리가 어떻게 움직여야 하는지. 동성애자를 향한 깊은 적대감이 아직도 남아 있는 우리 주 전체와 어떻게 만나야 하는가. 어떻게 그들과 만날 것인가.

이건 시작입니다…. 그리고 주연을 하고 싶다고 오디션을 본 게 누군지 아세요?

제더다이아 슐츠 제 부모님이요!

서술자 제더다이아 슐츠입니다.

제더다이아 슐츠 부모님께서, 그래서 올해 학교에서 제가 하는 연극이 뭔지 물으셨어요. 「미국의 천사들」이요. 그리고 올해 연극 목록을 다 말씀드렸죠. 그랬더니, 「미국의 천사들」? 그거… 그거 네가 고등학교 때 했던 거 아니냐? 네가 고등학교 때 했던 그 장면? 그래서 전 응, 그랬고 어머닌, 흠. 그래서 오디션을 볼 거니? 그리고 전 응, 그렇게 이 엄청난 말싸움이 있었죠…. 그리고 제가 그분들께 보여드린 최고의, 최고 장면은 막 끝난 「맥베스Macbeth」에서 보신 거라는 걸 알고 있었죠. 무대에서 제가 어린아이랑 맥더프 부인이랑 사람 둘을 죽였죠. 그리고 엄마는, 동성애가 죄라는 건 너도 알잖니, 계속 그 말만 하시는 거였어요. 그리고 제가 그랬어요. '엄마, 난 오늘 밤 살인자를 연기했어. 엄만 그건 괜찮은 거네….'

있잖아요. 평생 오디션 준비를 이렇게 열심히 해 본 적이 없어요. 한 번도요. 진짜 단 한 번도요.

롭 드브리 여기 래러미 동성애자 공동체와 그렇게 많이 일해 본 적이 없었습니다.

서술자 롭 드브리 형사입니다.

롭 드브리 음, 일단 사건 수사를 시작하면서, 동성애자인 분들과 실제로 이야기를 하면서 그 사람들이 품고 있는 공포감을 알게 되었죠. 음, 얻어맞은 기분이었죠. 여긴 미국입니다. 그런 공포를 느껴선 안 되는 겁니다.

그리고 아직까지도 오래된 생각을 붙들고 사는 사람들이 우리 중에도 있습니다. 저도 아마 십사 개월 전에는 그런 사람이었겠죠. 전 참지 않을 겁니다, 그런 이야길 듣지도 않을 거고요. 그리고 만약에 그 사람들이 제 입장을 좋아하지 않는다면, 할 수 없죠. 문은 양쪽으로 열려 있으니까요. 전 이미 친한 친구를 몇 잃었습니다. 상관없어요. 전 마음이 더 편해졌고 밤에 더 잘 잡니다.

레지 플루티 경관 어, 삼 개월마다 검사를 받아야 해요.

서술자 레지 플루티 경관입니다.

레지 플루티 경관 그리고 디엔에이DNA 검사를 받았죠. 절 포트 콜린스로 데려가서, 피를 뽑고는, 미시간으로 보내서 온갖 디엔에이와 관련된 걸 다 했죠. 그리고 그게, 일주일 후에… 완전히 음성이라는 걸 알았어요.

마지 머리 그게 말이야. 당장 무릎을 꿇고는 계속 만세를 외쳤다니까.

레지 플루티 경관 그냥 너무 행복해서 그 생각만 났죠. '하느님 고맙습니다!'

마지 머리 그리고 재가 맨 먼저 뭘 했을 것 같아?

레지 플루티 경관 남편 입에다가 곧장 제 혀를 넣었죠. 그냥 행복했어요. 네, 아주 행복한 거 있잖아요. '그래, 내가 경찰 일을 잘했으면 좋겠다'고, 성실하고 정직하게 일을 하고 싶다고 바라는 거죠. 그리고 딸애들은 그냥 마구 소리를 지르고요.

마지 머리 그냥 좋은 거지.

레지 플루티경관 그리고 경찰서에선….

마지 머리 세상에….

레지 플루티 경관 우린 나가서 완전 뻗을 만큼 마셨죠.

마지 머리 (동시에) 완전히 뻗을 만큼.

레지 플루티 경관 전부 다 저한테 한 잔씩 샀어요. 엄청났어요…. 그리고 다들 껴안고 울고, 그리고 문으로 들어오는 모든 사람들한테 키스를 해 줬어요….

마지 머리 레지, 그 사람들까지 다 알 필요는 없잖니.

레지 플루티 경관 남자건 여자건 상관없이, 전부 입에다 키스를 해 줬죠.

(레지와 마지가 같이 나가면서 말다툼을 한다.)

마지 머리 지금 내가 말한 것 중에서 도대체 어디를 못 알아들은 거냐?

레지 플루티 경관 아, 그만, 엄마!

순간: 사형

서술자 매슈 셰퍼드가 죽고 나서 거의 일 년이 지난 후, 에런 제임스 매키니 재판이 시작되었습니다.

칼 레루카 아마 지금 여러분이 거의 다 속으로 궁금해 하시는 건, 어, 어, 매키니 사건이 어떻게 진행될 것인가일 겁니다.

서술자 칼 레루카, 검사입니다.

칼 레루카 그리고 카운티 검사 측의 결정은 당연히 사형 구형일 겁니다.

마지 머리 속으로 절반은 매키니가 그렇게 되면 좋겠다고 바라지. 그렇지만 그게 아주 자랑스럽지는 않아. 왔다 갔다 해요, 왔다 갔다. 어떻게 하라고 말할 수가 없네…. 난 너무 많이 엮여 있으니까.

재키 새먼 아, 전 백 퍼센트 사형 지지예요. 그 나쁜 놈이 확실히 죽었으면 하거든요. 바로 이런 경우엔 전 눈에는 눈, 이에는 이를 온 마음으로 믿어요.

맷 미컬슨 사형에 관해선 모르겠어요. 그렇지만 전 그들이 롤린스 형무소에서 걸어 나오는 걸 절대 보고 싶지는 않고요. 전 오 센트라도, 얼마가 됐건 제가 내는 그 작은 세금이라도, 하루에 오 센트라도요. 그놈이 감옥에 처박혀서 다시는 밖으로 나오지 못하고 절대로 제가 일하는 바에 오지 않도록 해 주면 좋겠어요.

맷 갤러웨이 전 사형제도 안 믿어요. 그건 정말 아니에요. 사람을 죽인 죗값으로 죽여야만 한다는 거 믿지 않아요. 죽음을 하나 더한다고 바로잡히는 건 없어요.

주바이다 울라 셰퍼드 가족이 매키니가 죽기를 바란다면 제가 어떻게 반대하겠어요? 전 그냥 간섭할 수 없을 거예요. 그렇지만 개인적으로는요. 전 에런이랑 같은 초등학교를 다녔거든요. 우린 한 번도 에런이라고 안 부르고, 에이제이A.J.라고 불렀어요…. 어떻게 우리가 에이제이 매키니를, 어떻게 에이제이 매키니를 죽이자고 하죠?

로저 슈미트 신부 바로 지금 우리의 가장 중요한 선생은 러셀 헨더슨과 에런 매키니라고 생각합니다. 그들이 우리의 선생이 되어야만 합니다. 뭘 배우냐고요? 그걸 가르치려고 우리의 공동체는 무슨 일을 했나요? 자, 얼마나 많은 사람들이 그들을 선생으로 삼고 싶어 할지는 모르겠습니다. 판사가 이렇게 말한다면 훌륭할 거라고 생각합니다. '선고받은 형을 복역하면서, 당신은 당신 이야기를 해야만 합니다. 당신 이야기를 꼭 해야만 합니다'라고 말이죠.

법정 집행관 모두 기립. 와이오밍 주 대 에런 제임스 매키니, 사건 번호 6381. 바턴 보와트 판사. 개회합니다.

순간: 에런 매키니

서술자 에런 매키니의 재판에서 검사 측은 피고의 자백을 녹화한 테이프를 틀었습니다.

롭 드브리 제 이름은 롭 드브리로 보안관 사무실 형사입니다. 당신은 묵비권을 행사할 권리가 있습니다. 진술하는 모든 말은 법정에서 불리하게 사용되거나 사용될 수 있습니다.

서술자 다음의 내용은 그 자백의 요약입니다.

롭 드브리 그럼, 그래서 두 사람이, 당신과 러셀이 파이어사이드 바로 갔습니다. 맞습니까?

에런 매키니 네.

롭 드브리 파이어사이드를 떠난 후에 어디로 갔습니까?

에런 매키니 어떤 애가 집에 태워 달라고 해서요.

롭 드브리 어떻게 생겼습니까?

에런 매키니 음, 호모처럼요. 완전 호모 자식으로요.

롭 드브리 호모처럼 생겼다고요?

에런 매키니 네, 호모 새끼처럼요. 알죠?

롭 드브리 좋습니다. 어떻게 그 사람을 만났습니까?

에런 매키니 그 호모요? 호모 자식이요? 바에서 만났어요. 우리한테 뭘 마시는지, 뭘 하는지 물었어요.

롭 드브리 만난 다음에 무슨 일이 일어났는지 말할 수 있습니까?

에런 매키니 집에 태워 달라고 해서 생각했죠. 음, 이 자식 취했는데 그냥 집까지 태워 주자.

롭 드브리 언제 당신과 러셀은 그 사람을 강탈하자고 이야기했습니까?

에런 매키니 바에서 그 비슷한 이야길 했죠.

롭 드브리 네, 그다음엔 어떻게 되었습니까?

에런 매키니 월마트를 지나 멀리 데려갔어요. 거기쯤 갔는데 내 다리를 잡더니 내 성기를 잡는 거예요. 난 '야, 난 씨발 호모 아니거든. 다시 만지면 너 좆된다'고 했죠. 도대체 뭔 짓을 하려 했는지는 모르겠지만요, 심하게 패 줬죠. 죽인 것 같아요.

롭 드브리 무엇으로 때렸습니까?

에런 매키니 기억 안 나요. 주먹이랑 권총으로요. 권총 자루요. 제가 미쳤나 봐요. 맥주를 좀 마셨는데, 모르겠어요. 무슨 일인지는 알겠는데, 모르겠어요. 그렇지만 몰라요. 나 말고 다른 사람이 그러는 것 같았어요.

롭 드브리 그 사람이 구타를 유발할 어떤 행동이나 말을 했습니까?

에런 매키니 어, 손을 내 다리에 얹었어요. 그리고 내 걸 잡으려는 것처럼 손이 미끄러졌단 말이에요.

순간: 동성애 공포

재키 새먼 변호사 측에서 매슈가 유혹했기 때문에 매키니가 그랬다고 논쟁할 때… 그냥 토하고 싶었어요. 그래서 괜찮다고 말하는 거잖아요. 하비 밀크Harvey Milk와 모스콘G. Moscone을 죽였을 때 설탕 섭취 때문에 판단이 흐려져서 그랬다고 하는 거나 마찬가지잖아요.[21] 똑같은 거잖아요.

리베카 힐리커 동성애에 대한 폭력이나 공포라고 말하는 변론을 원하지 않았지만요, 한편으로는 정말 고마웠습니다. 왜냐하면 재판에서 그게 그냥 강도 짓이거나 약에 취해서 한 일이라고 변론할까 봐 정말 공포스러웠거든요. 그래서 변론에서 '동성애에 대한 공포'라는 말을 사용했을 때 전 이렇게 느꼈어요. 이건 좋아. 적어도 진실이란 게 들려야 한다면… 진실이 나와야지.

순간: 에런 매키니(계속)

롭 드브리 그 사람이 막아 보려 한다거나 맞서 때리려 하지 않았습니까?

에런 매키니 그랬죠. 뭐 비슷한 거요. 그 작은 주먹을 흔들어 보거나 그러던데 별 효과는 없었죠.

롭 드브리 그래요. 그 사람을 버릴 장소로 가기 전에 트럭 안에서 몇 번이나 구타했습니까?

에런 매키니 두세 번 정도 친 것 같은데요. 어쩌면 주먹으로 세 번 정도 치고 권총으로 여섯 번 정도인가 팼죠.

롭 드브리 멈추라고 부탁하지 않던가요?

에런 매키니 뭐, 그랬죠. 터질 만큼 터졌으니까요.

롭 드브리 뭐라고 그랬습니까?

에런 매키니 멈춰 달라고 말한 뒤론 소리만 질러 댔어요.

롭 드브리 그래서 말하자면 러셀이 울타리로 끌고 간 것 같은데, 맞나요? 그리고 묶었습니까?

에런 매키니 뭐 비슷하죠. 지금 기억났는데 러셀이 처음에 막 웃더니 그 다음엔 꽤 겁을 먹었거든요.

롭 드브리 러셀이 묶었을 때 매슈가 의식이 있었습니까?

에런 매키니 네, 돌아앉으라고 했거든요. 번호판을 보지 못하게요. 혹시 경찰한테 얘기할까 겁났거든요. 그런 다음에 번호판이 뭔지 아냐고 물었더니 번호판을 읽길래 몇 번 더 패 줬죠.

롭 드브리 그냥 확인하는 겁니다. (포즈) 그렇다면 당신은 확실히 동성애자들을 안 좋아하는군요?

에런 매키니 네, 안 좋아해요.

롭 드브리 싫어한다는 말인가요?

에런 매키니 어, 진짜 싫어한다기보다는요. 알잖아요, 나한테 막 껄떡이고 그러면요. 정말 패고 싶어지거든요.

롭 드브리 그 사람이 당신을 위협했습니까?

에런 매키니 그 호모가요?

롭 드브리 네.

에런 매키니 그건 아니죠.

롭 드브리 하나만 더요. 왜 매슈의 신발을 가져갔습니까?

에런 매키니 모르겠어요. (포즈) 이제 난 내 아들을 다신 못 보는 거죠.

롭 드브리 글쎄요. 오늘 중에 법원으로 가게 될 겁니다.

에런 매키니 오늘이요? 그럼 거기 가서 오늘 유죄인지 무죄인지도 다 말하는 거예요?

롭 드브리 아니, 아니요. 그냥 오늘은 기소 인정 여부를 위한 절차일 뿐입니다.

에런 매키니 걔 진짜 죽을까요?

롭 드브리 매슈 셰퍼드가 사망할 거라는 건 명백합니다.

에런 매키니 그럼 전 어떻게 될까요. 이십오 년이요, 종신이요 아니면 사형이라서, 그걸로 끝인가요?

롭 드브리 그건 우리 일이 아닙니다. 판사의 일이고 배심원의 일입니다.

순간: 평결

판사 배심원들은 평결을 내렸나요?

배심장 네, 재판장님.

저희 배심원은, 배심원으로 선정되어서 심리 중인 재판에 대해 맹세를 했으며, 사건에 대해 진실을 잘 심리한 후에, 만장일치로 다음과 같이 평결했습니다.

유괴죄에 대해 피고, 에런 제임스 매키니 유죄입니다.

가중 강도죄에 대해 피고, 에런 제임스 매키니 유죄입니다.

일급 중죄 모살죄(유괴)에 대해 피고, 에런 제임스 매키니 유죄입니다.

(낮은 소리로 평결이 이어진다. 내레이션이 시작된다.)

일급 중죄 모살죄(강도)에 대해 피고, 에런 제임스 매키니 유죄입니다.
계획된 일급 살인죄에 대해 피고, 에런 제임스 매키니 유죄입니다.
이급 살인죄에 대해 피고, 에런 제임스 매키니 유죄입니다.

순간: 데니스 셰퍼드의 진술서

서술자 에런 매키니는 계획 살인으로 유죄를 선고받았고, 이는 배심원들이 사형 평결을 내릴 수 있다는 뜻입니다. 그날 저녁, 매키니의 변호사들이 의뢰인을 살려 달라는 청원을 하러 매슈 셰퍼드의 부모님을 찾아갔습니다. 다음 날 아침, 셰퍼드의 아버지인 데니스 셰퍼드는 법정에서 진술을 했습니다. 다음은 그 진술의 일부입니다.

데니스 셰퍼드 제 아들 매슈는 승자로 보이지 않았습니다. 그 앤 영민하지도 않았고 열세 살부터 죽는 날까지 치아 교정기를 끼고 있었습니다. 그렇지만 그 아인 너무나 짧았던 자신의 삶에서 자신이 승자였다는 걸 증명했습니다. 1998년 10월 6일, 제 아들은 온 세상에 다시 한번 이길 수 있다는 것을 보여 주려고 했습니다. 1998년 10월 12일, 제 첫아들인 제 영웅은 졌습니다. 1998년 10월 12일, 제 첫아들인 제 영웅은 죽었습니다. 스물두 번째 생일을 오십 일 앞두고요.
그 애를 병원에서 봤을 때부터 떠올랐던 생각을 계속하고 있습니다. 그 애는 어떤 사람이 되었을까. 세상을 더 낫게 하려고 자기 몫의 세상을 어떻게 바꿀 수 있었을까.
맷은 공식적으로 콜로라도 포트 콜린스의 병원에서 죽었습니다. 그 앤 사실 래러미 바깥의 울타리에 묶여 죽었습니다. 당신, 매키니 씨, 그리고 당신의 친구인 헨더슨 씨가 그 애를 거기 혼자 내버려 두었지만, 그 아이는 혼자가 아니었습니다. 거기엔 그 애와 평생을 같이한 친구들이, 같이 자라난 친구들이 있었습니다. 그 친구들이 누군지 아마 의아할 겁니다. 무엇보다도 그 애 곁에는 아름다운 밤하늘과 우리가 망원경을 통해 보곤 했던 바로 그 별과 달이 있었습니다. 그러고 나서 아침의 햇살과 빛나는 태양이 있었습니다. 그리고 내내 그 아인 눈 덮인 산에서 풍겨오는 소나무 향을 들이마셨을 겁니다. 그 아인 바람을 들었고, 언제나 부는 와이오밍의 바람을 마지막으로 들었을 겁니다. 그리고 또 하나의 친구가 있었습니다. 신께서 옆에 계셨습니다. 그 아이가 혼자가 아니었다는 걸 알기 때문에 전 위로받습니다.
맷의 폭행과 입원, 장례식으로 온 세상의 관심이 증오로 한데 모였습니다. 선은 악에서 나옵니다. 사람들은 이제 더 이상은 안 된다고 말합니다. 전 제 아들이 보고 싶습니다. 그렇지만 그 아이가 제 아들이라고 말할 수 있어서 자랑스럽습니다.
제 아내 주디는 사형제도를 반대해 왔다고 알려졌습니다. 맷은 사형제도를 반대했다고 보도되었습니다. 둘 다 그렇지 않습니다. 맷은 사형으로만 죗값을 치를 수 있는 범죄와 사건이 있다고 믿었습니다. 저 또한 사형제도를 믿습니다. 매키니 씨, 당신이 죽는 걸 보는 것보다 더 나은 것은 없을 겁니다. 그러나, 지금은 치유의 과정을 시작해야 하는 때입니다. 자비를 보여 주기를 거절했던 누군가에게 자비를 보여 주는 것 말입니다. 매키니 씨, 매슈 때문에 그렇게 하는 것이 저한테는 너무나 힘든 일이지만, 전 당신의 목숨을 허락하려 합니다. 매번 크리스마스를, 생일을, 미국 독립기념일을 축하할 때마다 맷은 그러지 못한다는 것을 기억하십시오. 매번 감옥에서 잠을 깰 때마다, 그날 밤 당신의 행동을 멈출 수 있었던 힘도 기회도 당신에게 있었다는 것을 기억하십시오. 당신은 나한테서 아주 소중한 것을 앗아 갔고 난 그걸 절대로 용서하지 않을 것입니다. 매키니 씨, 나는 더 이상 살지 못하는 사람을 기억하라고 당신에게 삶을 줍니다. 오래 살게 되기를, 그리고 그러기 위해 매일매일 매슈에게 감사하기를.

순간: 여파

롭 드브리 이게 저희가 일 년 동안 숨 쉬면서 살아온 시간입니다. 매일이요. 이게 매일매일 제 사건이었죠. 그리고 이제 끝났습니다.

레지 플루티 경관 저와 드브리는 껴안고 울었어요…. 그리고, 아시죠. 모두 다 눈에 눈물을 글썽이고, 그리고 그냥 너무 고마웠어요. 셰퍼드 씨가 울었고, 그런 다음에 저도 막 울고 다들 그냥…. 어쩌면 이제 우린 갇혀 있지 않고 앞으로 나갈 수 있을 겁니다. 그렇죠?

에런 크라이펠스 그냥 오늘 법원에서 나오는 순간에는요. 그런 생각이 퍼뜩 들었어요. 신께서 제가 매슈를 발견하길 원하신 이유는, 거기서 혼자 죽지 않도록 하기 위해서였다고요. 맞아요. 만약에 제가 그 길로 가지 않았다면 최소 몇 주는 아무도 발견하지 못했을 거예요. 거기서 그가 혼자 죽지 않아서 전 마음이 훨씬 나아졌어요.

맷 갤러웨이 끝나서 그냥 기뻐요. 정말이요. 그 재판에서 증언했던 게 지금까지 한 일 중에서 제일 힘들었거든요. 오해는 하지 마세요. 전 무대를 좋아하고, 정말이요. 진짜 좋아하거든요. 그렇지만 힘들었어요. 왜냐하면, 그렇잖아요. 변호사들은 이런 각도에서 질문을 하고, 그렇지만 대답은 배심원들에게 이런 식으로 전달되어야 하고요. 그래서 말하자면 일종의 깔때기 같은 걸 만들어야만 하잖아요. 그리고 그게 힘든 게 전 타고나기를 사람들하고 이야기를 잘하거든요. 누가 질문을 하면 그 사람하고 눈을 맞추는 게 자연스러운 본능이고요. 그렇지만 진짜 말 그대로 자리도 좁혀 앉아야만 하고, 위치도 바꿔야 했으니까요. 사실, 배심원이 있는 방향으로 전달을 해야만 하니까 좀 힘들었어요. 그렇지만 증언하는 동안 여러 번 그렇게 했죠.

순간: 에필로그

앤디 패리스 마지막으로 방문했을 때, 운이 좋게도 제더다이아 슐츠가 「미국의 천사들」에서 프라이어 역할을 연기하는 걸 볼 수 있었습니다. 공연 후에, 우린 이야기를 했습니다.

제더다이아 슐츠 전 가장 오랫동안 저 자신을 매슈 셰퍼드 일에 개인적으로 엮지 않으려고 했어요. 진짜 같지 않았죠, 그냥 너무 심하게 부풀어 올라 버린 것처럼 보였어요. 매슈 셰퍼드가 사람이 아니라 그저 이름인 것처럼요….

모르겠어요. 그냥 너무 안 좋게 느껴져요. 그냥 제가 그때 말했던 모든 것들이 다요. 그래서 제가 작년에 그 모든 걸 말했던 인터뷰를 듣고 싶었던 거예요. 모르겠어요. 동성애에 대해서 그렇게 이야길 했었다는 걸 완전 믿을 수가 없어요. 어떻게 그따위 생각을 하면서 당신과 제가 다르다고 생각할 수 있었죠?

서술자 로메인 패터슨입니다.

로메인 패터슨 음, 일 년 전에, 전 록스타가 되고 싶었죠. 그게 제 목표였어요. 그리고 지금은, 음, 어, 지금은 분명하게 바뀌었죠. 음, 지난 일 년을 보내면서 전, 제 역할이, 음, 제 몫을 하는 거라는 걸 진짜 깨달은 거죠. 그리고, 음, 그래서 지금은 음악 쪽으로 학교를 가지 않고, 소통과 정치학 쪽으로 공부하려고요. 음, 제 길은 정치적 활동이니까요.

사실, 이번에 워싱턴에서 유대인 차별 철폐 운동 단체Anti-Defamation League 22로부터 상을 받게 되었다는 걸 좀 전에 알았거든요. 그리고 천사나 제가 했던 말을 생각해 보면, 그렇죠…. 매슈가 저한테 준 거죠. 매슈가 저더러 이렇게 걸어오라고 이 작은 길로 빛을 밝혀 주면서 알려 주는 거 같아요. 그리고 매슈는요. 매번 우리가 문으로 갈 때마다 열어 줘요. 그냥 이렇게 말해요, '좋아, 다음 단계야.'

그리고 부업으로 록스타가 된다면, 괜찮죠.

서술자 조너스 슬로너커입니다.

조너스 슬로너커 변화는 쉬운 일이 아니죠. 그리고 전 이곳 사람들이 거기까지 갔다고는 생각하지 않아요. 사람들은 원하는 걸 얻었죠. 그 두 애들은 마땅한 벌을 받았어요. 이제 겉으로 보기엔 우리는 잘못한 게 없어요. 정의가 실현된 거죠. 오케이목장처럼요. 악당을 쏴서 물리쳤고요. 매춘부들은 기차에 태워 보냈어요. 마을은 깨끗해졌어요. 우린 더 이상 그 일에 관해서 이야기할 필요가 없어진 거죠.

아시죠, 매슈 셰퍼드가 죽은 지 일 년이에요. 그리고 와이오밍 어디에도 변한 게 없어요…. 주에서도, 어떤 마을에서도, 그 누구도, 어떤 종류의 법령도, 반차별법, 증오범죄법 같은 건 아무도 어디에서도 어떤 법도 통과시키지 않았어요. 무슨 일이 생겼는데요? 이것들을 단단하게 지속시킬 어떤 게 나온 건가요?

서술자 우리 모두 다시 만나자고 이야기했습니다. 마지막으로 울타리에서요.

오코너 박사 리무진을 몰고 거길 다녀왔거든? 그리고 개랑 나랑 같이 차를 몰고 돌아다녔던 밤을 혼자서 생각했어. 나한테 그랬거든. '래러미는 반짝거려요, 그렇죠?' 그리고 거기 걔가 있었던 곳에 딱 앉으면, 바로 저 위에서 래러미는 낮게 깔린 구름 속에서 반짝거려…. 공항에서부터 구름에 튕겨 나오는 푸른빛이거든. 그리고 타타타타… 도시 전체를 확 덮어. 내 말은, 그냥 완전 끝내주거든…. 맷은 바로 딱 거기에 있지. 그리고 난 걔 눈이 보는 그림을, 걔가 보고 있었던 걸 그대로 그릴 수 있지. 이 땅에서 걔가 마지막으로 본 건 반짝이는 빛이었어.

순간: 출발

모이세스 코프먼 일 년치 자료들을 정리하고 작별 인사를 하면서 마지막 이틀을 보냈다.

리 폰다카우스키 마지 아주머니는 잘되었으면 좋겠다고 말씀해 주시고는, 래러미가 자신들에 대한 연극을 보면 어떻게 느낄지를 여쭤보자 이렇게 말씀하셨다.

마지 머리 우린 재밌어 할 거야. 지상에 있는 지옥 구멍이 아니었다는 걸 보면 좋을 거고. 그렇지만 그건 댁들이 우릴 어떻게 그려낼지에 달린 거지. 그리고 그다음으론 래러미가 어떻게 행동할지에 달린 거고.

스티븐 벨버 박사가 이 전체 사건에 대해서 대필할 생각이 있냐고 물었다. 갤러웨이는 누구라도 래러미에 다시 오게 된다면 같이 지내자고 말해 주었다. 또 이 연극도 오디션을 통해 배우를 뽑는지 물어본 걸 보면 참여하고 싶어 하는 것 같았다.

앤디 패리스 저녁 일곱시경에 래러미를 떠났다. 덴버로 가는 길에, 마지막으로 백미러로 래러미를 보았다.

로저 슈미트 신부 그리고 내가 하고 싶은 말은, 당신들이 이걸 희곡으로 쓴다면, 옳게 할 거라고 믿는다는 거요. 제대로 하려고 최선을 다해 주셨으면 합니다.

앤디 패리스 그리고 멀리서 와이오밍 주 래러미의 반짝거리는 빛을 볼 수 있었다.

래러미 프로젝트: 십 년 후

모이세스 코프먼, 리 폰다카우스키,

그레그 퍼라티, 앤디 패리스, 스티븐 벨버

조지프 설리번을 추억하며.

사실

1998년 10월 6일, 와이오밍 대학교 학생인 동성애자 매슈 셰퍼드는 에런 매키니와 러셀 헨더슨과 함께 파이어사이드 바를 나왔다. 그다음 날 그는 마을 끝자락에서 발견되었다. 잔인하게 얻어맞은 채, 울타리에 묶여서 거의 죽어 가고 있었다.

그다음 날부터 전 세계 언론의 관심이 매슈에게 일어난 폭행과 래러미 마을로 모였다. 1998년 10월 12일 매슈 셰퍼드는 콜로라도 포트 콜린스의 푸드르 밸리 병원에서 사망했다.

작가 노트

「래러미 프로젝트」는 2000년 콜로라도 덴버의 덴버 센터 시어터 컴퍼니에서 전 세계 초연으로 무대에 올랐다. 그때는 우리 중 누구도 거기서 파생될 다른 공연들과, 모두를 휩쓸어 버릴 만큼의 큰 관심은 상상조차 하지 못했다. 「래러미 프로젝트」는 십 년 동안 미국에서 가장 많이 공연된 연극 중 하나가 되어 버렸다. 작가로서 우리는 종종 질문을 받는다. 그리고 우리 스스로에게도 묻는다. '왜 그럴까?'

「래러미 프로젝트」에 대한 관심은 매슈 셰퍼드가 남긴 가치에 대한 증언이라는 것이 그 대답 중 하나였다. 그의 삶과 죽음이 래러미를 넘어 많은 사람들의 삶에 의미를 가져온 것이다.

두번째 답은 「래러미 프로젝트」 공연을 직접 올린 이들한테서 나왔다. 이 공연은 전문 극단, 아마추어 극단, 지역 사회의 주민 극단, 그리고 대학과 고등학교 공연 등 다양한 극단에서 이루어졌다. 우리는 인터넷과 에스엔에스SNS를 통해 공연을 했던 학생들의 이야기를 직접 듣곤 하는데, 이 작품에 대한 그들의 열정은 정말 놀랍다. 증오범죄와 동성애 혐오는 종종 지역 사회의 심각한 분열을 만들어내기 때문에 학생, 교사, 그리고 행정직원이 「래러미 프로젝트」 공연을 위해 개인적으로나 직업적으로 얼마나 큰 위험을 감수했는지 우리는 잘 알고 있다.

「래러미 프로젝트」는 미국의 평범한 마을 이야기이다. 그러나 그때까지 일어났던 어떤 일과도 다르게, 그 일에 대해 같이 이야기했던 평범한 미국인들의 이야기이기도 하다. 이들은 전혀 평범하지 않은 상황을 직면해야만 했던 평범한 사람들이었다. 매슈 셰퍼드 살해 사건은 인간 본성과 경험의 가장 좋은 점과 가장 나쁜 점을 모두 드러낸 역사의 한 순간이었다.

매슈 셰퍼드에 대한 잔인한 증오범죄 이후, 우리는 연극 단체로서 일 년 반 동안 와이오밍 주 래러미 주민들과 긴 시간 동안 이야기할 수 있는 큰 특권을 여러 번 가졌다. 그 인터뷰들이 「래러미 프로젝트」 쓰기의 기반을 마련해 주었다.

래러미 주민 조너스 슬로너커는 「래러미 프로젝트」의 마지막에 묻는다. "무슨 일이 생겼는데요? 이것들을 단단하게 지속시킬 어떤 게 나온 건가요?" 십 년 후, 우리는 그 마을 사람들이 어떻게 변화했는지 보기 위해 와이오밍 주의 래러미에 돌아가기로 했다. 그들의 마을이 어떻게 변했는지 다시 이야기하기 위해 우리는 원래 인터뷰의 많은 부분을 되짚어 보았다. 또한 새로운 사람들과도 이야기를 나누었다. 그중에는 매슈의 어머니 주디 셰퍼드뿐만 아니라, 가해자 에런 매키니와 러셀 헨더슨도 포함되어 있다.

매슈 셰퍼드 살해사건 십 주기가 다가오면서, 텍토닉 시어터 프로젝트의 예술감독 모이세스 코프먼은 질문을 던졌다. "하나의 지역사회는 스스로의 역사를 어떻게 써 나가는가?" 이토록 잔인한 범죄와 연관되었던 십 년을 현미경 아래에 놓고, 래러미는 어떻게 응답해 왔는가. 온 나라, 온 세계 사람들은 래러미가 자신들의 마을과 똑같다는 이야기를 했다. 우리는 국가로서 그리고 세계 공동체로서 어떻게 응답해 왔는가.

「래러미 프로젝트: 십 년 후」는 독립된 하나의 연극으로 씌어졌다. 이 연극이 원래의 「래러미 프로젝트」와 꼭 연결시켜서 공연될 필요는 없다는 말이다. 그렇지만, 「래러미 프로젝트」를 공연했던 전국의 마을과 도시, 그리고 학교, 또한 자신들의 지역 사회 안에서 이 후일담 역시 무대에 올려 주길 희망한다. 그리고 우리는, 이 두 연극이 래러미 여정의 전체 폭과 범위를 제공하는 레퍼토리로 공연될 수도 있다는 가능성에 가슴이 뛴다.

「래러미 프로젝트: 십 년 후」 세계 초연은 매슈 셰퍼드 사망 십 일 주기에 이루어졌다. 링컨 센터의 앨리스 툴리 홀에서 「래러미 프로젝트」 초연 당시의 캐스트로 공연되었다. 동시에 미국과 전 세계 백오십 개 이상의 극장에서 상연되었다.

우리는 미국 사회에서 여전히 진행되고 있는 이 이야기의 일부가 될 수 있어서 영광이다. 그리고 여러분 모두와 이 대화를 나누게 되어 진심으로 기쁘다.

2009년 10월 12일, 텍토닉 시어터 프로젝트는 미국 오십 개 주와 다른 여덟 나라의 백오십 개 극장에서 「래러미 프로젝트: 십 년 후」를 동시 초연했다. 각각의 극장은 자신들이 정한 배우로 상연했고, 관객은 라이브 스트리밍을 통해 링컨 센터 앨리스 툴리 홀의 오리지널 캐스트 공연과 연결될 수 있었다. '연합연극 프로젝트'라는 방식의 역사적 연극 교차점을 통해, 하룻밤에 오만 명의 사람들이 연극을 관람했다.

앨리스 툴리 홀 공연은 모이세스 코프먼이 연출했으며, 장면 자문은 데릭 매클레인이 맡았고, 조명 디자인은 제이슨 라이언스, 드라마투르그dramaturg는 지미 메이즈, 제작자는 그레그 라이너와 티퍼니 레드먼이었다. 공연진은 다음과 같다.

켈리 심킨스—리 폰다카우스키, 재키 새먼, 얀 룬드허스트, 로메인 패터슨, 와이오밍 주 입법회의 서기.

어맨다 그로닉—베스 로프레다, 마지 머리, 소녀, 「20/20」 진행자.

그레그 퍼라티—자신, 조너스 슬로너커, 롭 드브리, 대학 행정직원, 에런 매키니.*

스티븐 벨버—자신, 카우보이, 데이브 오맬리, 친구 1, 조지, 공화당원.

앤디 패리스—자신, 맷 미컬슨, 제더다이아 슐츠, 짐 오즈번, 제리 파킨슨, 진 프랫, 소년, 짐, 러셀 헨더슨, 피터슨.

바버라 피츠 매캐덤스—캐서린 코널리, 할머니, 루시 톰프슨, 친구 2, 벤, 주디 셰퍼드.

메르세데스 헤레로—리베카 힐리커, 레지 플루티, 뎁 톰슨, 수전 스와프, 짝.

* 이후 공연부터 에런 매키니 역할은 그레그 퍼라티가 아니라 앤디 패리스가 맡았다.

존 매캐덤스—모이세스 코프먼, 제프리 록우드, 렌터카 직원, 프로이덴탈 주지사, 데니스 셰퍼드, 로저 슈미트 신부, 글렌 실버, 존 도스트, 칠더스.

인물 등장순1

서술자.

그레그 피라티—텍토닉 시어터 프로젝트 단원, 사십대 초반.

베스 로프레다—와이오밍 대학교 교수, 『맷 셰퍼드를 잃는다는 건Losing Matt Shepard』의 저자, 사십대 초반.

모이세스 코프먼—텍토닉 시어터 프로젝트 예술감독, 사십대 초반.

스티븐 벨버—텍토닉 시어터 프로젝트 단원, 사십대 초반.

리 폰다카우스키—텍토닉 시어터 프로젝트 단원, 삼십대 후반.

맷 미컬슨—파이어사이드 바의 예전 주인, 사십대.

마지 머리—레지 플루티 경관의 어머니, 칠십대.

제프리 록우드—래러미 주민, 오십대.

제더다이아 슐츠—래러미 출신으로 와이오밍 대학교 연극학과 학생이었고 현재 뉴욕 시에 거주. 삼십대 초반.

리베카 힐리커—와이오밍 대학교 연극학과 교수, 오십대.

재키 새먼—텍사스 출신의 래러미 주민, 학내 생활동반자법 개정 지지자, 오십대.

앤디 패리스—텍토닉 시어터 프로젝트 단원, 삼십대 후반.

카우보이—길에서 마주친 말수 적은 사람, 사십대 후반.

렌터카 직원—은퇴한 군인, 칠십대 초반.

레지 플루티—울타리에서 매슈 셰퍼드를 발견했던 경찰관으로 지금은 은퇴, 사십대 후반.

조너스 슬로너커—커밍아웃한 래러미 동성애자 주민, 사십대 후반.

뎁 톰슨—래러미 지역 신문 『래러미 부메랑Laramie Boomerang』 편집장, 오십대 초반.

프로이덴탈 주지사—와이오밍 주지사, 오십대.

데이브 오맬리—은퇴한 래러미 경찰관, 래러미 경찰서의 매슈 셰퍼드 사건 담당 형사였다. 오십대 초반.

캐서린 코널리—와이오밍 대학교의 커밍아웃한 레즈비언 교수, 와이오밍 주 입법회의 일원, 오십대.
롭 드브리—올버니 카운티 보안관 사무실의 매슈 셰퍼드 담당 수사관, 오십대 초반.
짐 오즈번—매슈 셰퍼드의 친구, 래러미 주민, 삼십대 중반.
친구 1—짐 오즈번의 친구, 삼십대 초반.
할머니—친구 1의 할머니, 칠십대 후반.
엄마—래러미의 가정주부, 사십대 초반.
데니스 셰퍼드—매슈 셰퍼드의 아버지, 오십대.
제리 파킨슨—와이오밍 대학교 법대 학장, 생활동반자법 지지자, 사십대 후반.
대학 행정직원—오십대 후반.
로저 슈미트 신부—매슈 셰퍼드 살해사건 당시 래러미 가톨릭 뉴먼 센터에 재임했던 가톨릭 사제, 육십대.
루시 톰프슨—유죄 판결을 받은 가해자 러셀 헨더슨의 할머니, 칠십대.
소년—와이오밍 대학교 재학생, 십대 후반.
소녀—와이오밍 대학교 재학생, 십대 후반.
얀 룬드허스트—래러미 주민, 사십대 후반.
「20/20」 진행자—뉴스 캐스터, 삼십대 후반.
글렌 실버—「20/20」 프로듀서, 오십대 초반.
로메인 패터슨—매슈 셰퍼드의 친구, 동성애 인권 활동가, 삼십대 초반.
『래러미 부메랑』 편집장—뎁 톰슨을 연기한 배우가 연기함. 오십대 초반.
친구 2—짐 오즈번의 친구, 이십대 초반.
존 도스트—와이오밍 대학교 교수, 민속학자이자 래러미 주민, 오십대 중반.

조지—래러미 주민, 포트럭Potluck 디너파티 손님, 오십대.

벤—래러미 주민, 포트럭 디너파티 손님, 사십대.

짐—래러미 주민, 포트럭 디너파티 손님, 사십대.

수전 스와프—래러미 주민, 와이오밍 대학교 교수, 오십대 중반.

러셀 헨더슨—유죄 판결을 받은 매슈 셰퍼드 살해범, 삼십대 초반.

서기—와이오밍 주 입법회의 서기, 삼십대 중반.

피터슨—와이오밍 주 입법회의 공화당 대표, 육십대 후반.

짝—와이오밍 주 입법회의에서 캐서린 코널리와 같은 테이블에 앉은 사람, 사십대 초반.

보수적인 동료 의원—와이오밍 주 입법회의에서 캐서린 코널리의 동료, 오십대 초반.

칠더스—와이오밍 주 입법회의의 보수 대표, 칠십대 초반.

공화당원—와이오밍 주 입법회의에서 캐서린 코널리의 동료, 오십대 초반.

에런 매키니—유죄 판결을 받은 매슈 셰퍼드 살해범, 삼십대 초반.

주디 셰퍼드—매슈 셰퍼드의 어머니, 오십대.

제1막

바람 소리. 다양한 목소리가 이야기하는 소리. 처음에는 속삭이다가, 조금씩 커진다. 무대에 빛이 들어온다. 공간에 의자들이 흩어져 있다. 다 관객을 향해 있다. 래러미에 거주하는 인물과 집들을 암시한다. 베스 로프레다가 들어온다. 추위를 막을 조끼나 코트를 입고 있다. 회상하듯 주위를 둘러본다.

순간: 올 가을의 햇살

베스 로프레다 기일에 대한 생각 많이 하죠. 십 년이 지났으니…. 오랜 시간이죠. (포즈) 올 가을 햇살은 그해 가을 햇살과 많이 닮았어요. 그리고 맷이 죽었던 그해 가을을 많이 생각나게 하죠…. 그러니까 이 모든 일이 일어났던 그해 9월과 10월을 생생하게 느끼게 해 주는 어떤 근본적인 실재감 같은 게 있어요. 1998년이었어요. (포즈. 창문을 가리킨다.) 캠퍼스 몇몇 연구실에서는 언덕과 초원이 보여요. 창문 너머로 언덕의 일부분이 보이거든요. 월마트Wal-Mart 지나서, 매슈가 죽은 곳이요.

그래서 여기서 일어났던 일은 아직까지도 정말 지금처럼 느껴져요.

당장 대답하자면, 전 래러미가 어느 정도는 십 년 전보다 더 나은 곳이라고 하겠지만, 우리가 했던 일과 우리가 하지 않았던 일까지 생각하지 않고서는 지난 십 년을 어떻게 이야기할 수 있을지 모르겠어요.

(장면 전환. 극단원들이 들어온다.)

순간: 좋은 에너지

모이세스 코프먼 9월 12일. 다시 래러미로 가는 길.

서술자 극단원 모이세스 코프먼의 일지입니다.

모이세스 코프먼 매슈의 기일이 딱 한 달 앞이다. 80번 고속도로에서 나와 마을로 들어가면서, 너무나 커 버린 마을에 놀란다.

리 폰다카우스키 동쪽으로 폭발하듯 새롭게 성장하고 있었다.

서술자 극단원 리 폰다카우스키입니다.

리 폰다카우스키 세 종류가 넘는 새로운 체인 호텔, 상점과 식당이 늘어선 번화가가 여러 군데. 월마트는 슈퍼 월마트로 바뀌어 있었다.

맷 미컬슨 래러미가 어떻게 바뀌었냐고요?

서술자 맷 미컬슨, 파이어사이드 바 예전 주인입니다.

맷 미컬슨 요즘 와이오밍은 석탄층 메탄가스 붐이죠. 에너지 사업이요. 딕 체니Dick Cheney[2]가 우리 주 절반을 핼리버튼[3]에 팔았거든요. 그래도 사람들은 별 상관없어 하고요.

마지 머리 그래, 요즘은 사방에다 구멍을 뚫고 있거든.

서술자 마지 머리입니다.

마지 머리 그럴 거야. 그리고 당연히 그러겠지. 그렇게 많은 석탄이 있다니까 진짜 같지가 않아. 어딜 가든 구멍만 뚫어 보면 석탄이 나오는 거야. 그리고 그건 좋은 에너지거든.

제프리 록우드 바로 지금 와이오밍 경제 상황이 어떠냐 하면, 돈이 엄청 많다는 겁니다.

서술자 래러미 주민 제프리 록우드입니다.

제프리 록우드 여기 우린 아직 불황의 손을 타지 않았거든요. 여긴 엄청난 에너지 호황인데, 사람들 말로는 삼십 년은 갈 거라고 하더군요.

제더다이아 슐츠 래러미의 전체 형태가 바뀌었어요.

서술자 래러미 출신인 제더다이아 슐츠입니다.

제더다이아 슐츠 지금은 칠리스[4]도 들어와 있어요. 현대적인 소규모 쇼핑몰 같은 게 엄청 늘었고요. 대학은 계속 호황을 겪으면서 그냥 건물, 건물, 건물을 짓고요. 그래서 힐튼 호텔과 홀리데이 인, 컨벤션 센터도 생겼거든요.

제프리 록우드 사업은 정말 잘되고 있고 금고는 가득 차죠. 근데, 구멍을 뚫어 대는 마을 중 몇몇 군데는 '환경'이란 말로 두들겨 맞기 시작했어요. 황금알을 낳는 거위가 우리 온몸에 똥을 싸긴 하지만, 여전히 황금알을 낳고는 있는 거죠.

리베카 힐리커 표면적으로 여긴 바뀌었어요.

서술자 와이오밍 대학교 연극학과의 리베카 힐리커입니다.

리베카 힐리커 물질적인 성장이라면 그냥 주위를 한번 둘러보세요. 그렇지만 그 저변의 와이오밍 문화 자체가 변했는지 아닌지는 모르겠어요.

짐 오즈번 여기 래러미에서 언론 폭풍이 사그라지고 난 뒤에.

서술자 짐 오즈번, 매슈 셰퍼드의 친구였습니다.

짐 오즈번 많은 사람들이 그냥 더 이상은 매슈 셰퍼드에 관해 이야기하고 싶어 하질 않았어요. 자신들의 마을과 삶이 밤마다 뉴스거리가 되는 데 질린 거죠. 우리 마을에서 이렇게 끔찍한 범죄가 일어났다는 오명을 느끼는 데 지친 거예요.

존 도스트 래러미와 와이오밍은 대체 무엇인가라고 할 때, 사람들이 모두 이 얘기만 합니다.

서술자 래러미 주민 존 도스트입니다.

존 도스트 그게, 여기 래러미엔 그냥, '이 얘기 그만하자, 제발. 평상시 생활로 돌아가자'는 느낌이 감지될 정도인 겁니다.

순간: 레지와 마지

서술자 극단원 리 폰다카우스키입니다.

리 폰다카우스키 차를 몰고 나가 레지 플루티를 만났다. 울타리에서 매슈를 발견한 경찰관이다.

레지 플루티 지금은 더 이상 경찰 일을 하지 않아요.

리 폰다카우스키 정말요?

레지 플루티 네, 은퇴했거든요.

마지 머리 이젠 말들이 재 일이라우.

리 폰다카우스키 어머니인 마지 머리와도 이야기를 했습니다.

마지 머리 말 이름을 뭐라 붙였는지 물어봐요.

리 폰다카우스키 말 이름을 뭐라고 하셨어요?

레지 플루티 부기맨, 리노, 그리고 성난 마지.

마지 머리 말에다 내 이름을 줬지.

레지 플루티 엄마한테 말했거든요. '엄마 화났을 때가 딱 생각나는 말을 타고 있어.'

마지 머리 (웃으면서) 버릇하고는…. 그리고 여전히 자기 라마도 키우고 있지.

레지 플루티 그리고 수망아지도 두 마리 새로 들였어요.

마지 머리 그런데 우리 삶이 어떻게 바뀌었냐고 물었나? 가장 큰 변화는 레지가 이젠 경찰 일을 하지 않는다는 거예요.

레지 플루티 은퇴하고 나선, 다시 잠을 자는 법과 다시 평범한 시민이 되는 걸 배워야만 했어요. 그러니까 어딜 가더라도 누군가 불시에 날 공격할지도 모른다는 경계 태세로 살지 않는 거요.

마지 머리 셰퍼드 사건 이후에, 지옥이었지. 큰 고비가 끝나고 나니까, 사회의 이목을 끄는 사건이 생길 때마다, 말하자면 여자애들이 강간당하거나 아기가 죽거나 그러면, 사람들은 아는 전화번호

라곤 하나밖에 없다는 듯이 된 거야. 레지 번호. 그래서 결국은 얘가 나가떨어진 거야.

레지 플루티 그런 사건들을 너무 오랜 시간 다루다 보니 지쳐 버린 거죠. 그런 사건들은 정말 빠르게 사람을 소진시키거든요. 그런데 말들은 제가 경찰이건 평범한 시민이건 전혀 신경 안 써요. 그렇잖아요. 말은, 하나밖에 몰라요, '밥은 언제 주나?'

하지만 래러미만 본다면, 전 사람들 시각이 바뀌었다고 생각합니다. 처음에 우린 너무 수치스러워서 이런 일이 다시는 일어나지 않기만 원하는 것 같았어요. 그리고 가끔은요, 공동체로서, 잠을 깨고 자라나려면 그 전에 콧물은 닦아내야겠죠. 그렇죠?

마지 머리 어, 내가 정말로 싫었던 게 두 가지 있는데. 울타리를 허물어 버린 데다 뭔가를… '그 일이 일어났던 게 여깁니다. 정신 차리시오, 래러미' 같은 뭔가를 세워 놓지 않은 거요.

리 폰다카우스키 울타리를 허물었어요?

마지 머리 그래, 그랬다니까.

레지 플루티 사람들이 자기 소유지를 보러 오는 걸 땅 주인이 원치 않았어요. 이젠 모든 곳에 '출입금지' 표시판이 있어요.

리 폰다카우스키 와!

레지 플루티 전 그냥 우리 마을이 진심으로, 증오가 얼마나 추한지를 기억했으면 할 뿐이에요. 매년 기일이면 다시 이야기됩니다. 그러면서 사람들은 자기가 무슨 생각을 하는지 인정할 수밖에 없을 겁니다. 이만큼 래러미에 오래 있다 보면, 다들 어떤 입장을 취하는지 알게 돼요.

순간: 2번 가와 가필드 가(카우보이)

서술자 극단원 앤디 패리스입니다.

앤디 패리스 이번에 래러미에 왔을 때 맨 먼저 한 일은 즉흥 인터뷰를 해 보려 동네를 돌아다닌 거였다. 모이세스와 나는 2번 가와 가필드 가가 만나는 곳에 있는 래러미 헬스클리닉 처마 밑에서 폭우를 피하고 있었다. 카우보이 한 분이 담배를 피우러 클리닉에서 밖으로 걸어 나왔다.

앤디 패리스 안녕하세요.

카우보이 안녕하슈.

앤디 패리스 여기서 비나 피하려고요.

모이세스 코프먼 저희는 뉴욕에서 온 극단입니다.

(포즈. 카우보이는 답하지 않는다.)

매슈 셰퍼드 살해사건 이후 래러미가 어떻게 변했는지 알아보기 위해서 왔습니다.

(포즈. 카우보이는 답하지 않는다.)

질문 두어 개 드려도 될까요?

(포즈)

카우보이 아니요.

(카우보이가 안으로 다시 들어간다.)

앤디 패리스 잘되겠네요.

순간: 3번 가와 쿠스터 가

렌터카 직원 중형차면 괜찮으실 것 같은데요, 벨버 씨?

스티븐 벨버 딱 좋습니다.

렌터카 직원 사냥하러 오셨나요?

스티븐 벨버 그게 아니라, 극단원들과 같이 왔습니다. 매슈 셰퍼드가 사망한 지 십 년이 지난 이곳에 관해서 희곡을 쓰고 있거든요.

렌터카 직원 어, 일이 잘되셨으면 좋겠군요. 그렇지만 이젠 보내 줄 때란 생각이 듭니다. 혹시라도 저한테 물어보신다면, 그건 강도사건이었고 그 사람의 생활방식은 그냥 핑계였다고 봅니다. 그 사람 생활방식은 논외예요. 저한텐 그렇건 아니건 아무 차이가 없지요.

스티븐 벨버 살인자들에겐 그게 상관이 있었을 거라고 보시나요?

렌터카 직원 아뇨, 없어요. 아니죠. 제가 볼 땐 그자들이 그 사람한테 강도 짓을 하려다 그 사람 생활방식을 알아내고는 재판에서 그걸 핑계로 쓰는 거예요….

스티븐 벨버 (놀라서) 제가 잘못 알아들은 것 같아서요. 증오범죄가 아니라고 말씀하시는 건가요?

렌터카 직원 음, 그냥 제 생각으론 사람들이 하고 싶은 주장이 있어서 여기에다 자기들 주장을 밀어 넣으려고 계속 그 애를 거기다 가둬두고 있는 것 같습니다. 이젠 그 앨 보내 줄 때라고 생각하지요. 이젠 놓아줄 때고 그 젊은이도 자기 인생을 살아가도록, 아니 자기 죽음을, 물론 저는 사후의 삶을 믿거든요.

죄송합니다만 이쪽 손님을 봐드려야 해서요. 래러미에서 즐거운 시간 보내시고요.

스티븐 벨버 고맙습니다.

순간: 『래러미 부메랑』 1—뎁 톰슨

모이세스 코프먼 매슈 기일이 다가오면서, 이곳 래러미에서 모두가 읽는 신문의 편집장인 뎁 톰슨에게 전화를 했다.

뎁 톰슨 『래러미 부메랑』입니다.

모이세스 코프먼 네, 뎁하고 통화할 수 있을까요?

뎁 톰슨 전데요.

모이세스 코프먼 뎁, 모이세스 코프먼입니다. 잘 지내셨죠?

뎁 톰슨 (포즈) (주저한다.) 네, 그럼요. 고맙습니다.

모이세스 코프먼 다행입니다. 그럼 잠깐 이야기할 수 있을까요?

뎁 톰슨 그럼요.

모이세스 코프먼 여기 래러미의 주류 신문 편집장이시니까 여쭤보겠습니다. 사람들이 기일에 대해서 어떻게 생각하고 있나요?

뎁 톰슨 사실, 저희도 짧은 연재를 실을 겁니다. 제가 소개 글을 쓰고 다른 기자 중 한 명이 사람들이 지금은 어떤 관점으로 보는지를 이야기할 겁니다.

모이세스 코프먼 그 연재 이외에 매슈의 기일을 위한 행사는 어떻게 계획되어 있나요?

뎁 톰슨 음, 말씀드릴 게… 행사라… 래러미에서요? 학내에서는 계획된 게 좀 더 있을 겁니다. 그런데 솔직하게 말씀드리면, 이건 이미 오래전에 지난 일입니다…. 그러니까 저흰 이 일을 과거에 묻고, 앞으로 나아가려고 애쓰고 있어요. 잔인한 일이 일어났고 그걸 해결했으니, 앞으로 나아가야지요.

모이세스 코프먼 음, 네?

뎁 톰슨 전 정말 그 일이 다른 방식의 깨달음을 주었다고 생각합니다…. 이 지역 사회를 대신해 말한다고 하긴 좀 그렇지만, 동성애가 그 촉매였다고는 믿지 않습니다.

모이세스 코프먼 무슨 말씀이세요?

뎁 톰슨 사실은 돈을 뺏으려다 그런 거라고 믿습니다. 그리고 매슈가 자기들이 생각한 만큼 갖고 있질 않으니까 그냥 분노가 올라가면서 완전히 통제할 수 없게 되었겠죠. 마약 때문이었다는 추측도 아주 많아요. 그 사람의 성정체성 때문이라고는 생각하지 않는다는 겁니다.

모이세스 코프먼 (놀라면서) 그래서 증오범죄라고 생각하지 않으신다는 건가요?

뎁 톰슨 모든 범죄가 다 증오범죄겠지요. 다른 인간에게 그런 짓을 한다는 건 내 안에 어떤 종류건 증오가 있어야만 할 테니까요. 그 증오가 어디서 비롯된 건지에 대해선, 뭐라 말씀을 못 드리겠네요. 마을 사람들 대부분 기일이 다가온다는 건 알고 있어요. 그렇지만, 우린 정말 여기서부터 나아가려 합니다.

순간: 변화를 측정하기 1

서술자 리 폰다카우스키입니다.

리 폰다카우스키 와이오밍 주지사인 데이브 프로이덴탈 씨와 이야기를 나누기 위해서, 주도인 샤이엔으로 차를 몰고 갔다.

(주지사에게) 주지사님, 저희가 래러미에서 듣고 있는 얘기 중에는 이 일이 증오범죄가 아니었다고 말하는 사람들이 좀 있던데요.

프로이덴탈 주지사 그런 건 들어 보지 못했습니다. (사이) 어디서 들으셨는지 모르겠네요. 그 일을 떨쳐내고 싶은 사람들이 있을 수는 있어요. 그런 관점을 공유하진 않습니다. 여기서 일어난 일입니다. 그리고 그 일을 인정해야만 합니다. 매슈 셰퍼드 살해사건에 대해 생각해 본다는 게, 주의 역사나 공동체의 역사에서 특별히 자랑스러운 순간은 아니겠지만요.

그리고 좀 더 사려 깊게 이야기를 나눴다는 점에서는 우리 주 대부분에 변화가 있었다고 말해야겠네요. '매슈 셰퍼드'라고 말만 해도, 사람들에겐 기억되는 게 있어요. 적어도 제 세대 사람들에겐 그렇습니다. 우리가 그 일에 관해 어떻게 이야기할지에 대해서 다른 느낌이 든다고 말할 수 있어요.

변화를 어떻게 **잴 수** 있을지가 제가 고민하는 문제이기도 합니다.

제 말은, 매슈 셰퍼드의 죽음을 둘러싼 사건들은 우리를 변화시켰어요. 분명히 그랬습니다. 그 변화를 어떻게 잴 수 있는지는, 잘 모르겠습니다.

데이브 오맬리 (주지사의 말에 열정적으로 답하면서) 음, 제가 하나 말씀드릴까요. 이제 우린 여기 래러미에서 에이즈 워크AIDS Walk를 합니다, 육 년째요. 알겠죠?

서술자 데이브 오맬리, 은퇴한 래러미 경찰입니다.

데이브 오맬리 그리고 점점 커졌죠. 작년에 약 이만이천 달러를 모았고요. 그리고 드래그 퀸drag queen 빙고로만 오천 달러였죠! 제 말은요, 카우보이 바에 드래그 퀸이 있다는 거죠. 짐과 제이슨이랑 트래비스, 그 사람들이 진짜 근사한 공연을 올렸거든요. 그러니까 카우보이 바에서요!

캐시 코널리 교내에서 일어난 가장 큰 변화는 사회 정의를 위한 심포지엄일 겁니다.

서술자 캐서린 코널리, 대학 교수입니다.

캐서린 코널리 몇 년 전에 '사회 정의를 위한 셰퍼드 심포지엄'으로 그 명칭이 바뀌었고, 단지 대학만의 콘퍼런스가 아니라 와이오밍 전역의 아이들이 '셰퍼드 심포지엄'에 옵니다. 정의와 사회 변화에 대한 강연자들의 이야기를 들으려고 아이들을 태운 아주 큰 노란색 학교 버스들이 오는 거죠. 그리고 마을에서도 참가하려고 수천의 사람들이 오고요, 여기 마을로 보면, 아주 많은 사람들이에요. 그래서, 좋은 쪽이라고 말씀드릴 수 있어요.

짐 오즈번 맷이 살해당하기 전엔 와이오밍에서 게이나 레즈비언, 그런 이슈에 대해 말하는 사람들이 아무도 없었어요.

서술자 짐 오즈번, 매슈 셰퍼드의 친구입니다.

짐 오즈번 이젠, 학내에 '레인보우 지원센터'가 있어요. 젠더와 정체성에 관한 수업도 늘었어요. 전 커밍아웃한 게이입니다. 그리고 요 몇 년간, 래러미에서 이런 얘기를 저한테 하는 사람이 많아졌어요.

친구1 짐, 우리 할머니가 뉴스를 보고는 날 불러서 말하시더라고.

할머니 있잖아, 아가. 그냥 네가 알고 있었으면 해서 말이지. 네가 게이라도 난 아무 상관이 없어.

친구1 근데 할머니, 나 이성애자예요.

할머니 음, 만약 그렇더라도 말이지.

친구1 어, 할머니, 고마워요.

짐 오즈번 또 나한테 와서 이런 말을 하죠.

엄마 남편이… 좀 말이 심하죠. 만약 다섯 살짜리 아들애가 자라서 게이가 되면요? 걔가 자기 아버지가 자길 미워할까 봐 겁내지 않았으면 해요. 난 정말 괜찮다고 애들한테 어떻게 알려 줄 수 있을까요?

짐 오즈번 그러니까 증오범죄법이 책에 실리진 않았지만, 라커 룸에서, 학교 복도에서, 운동장에서, 거실에서, 그리고 예배당에서 대화가 이루어지고 있는 거죠. 저한텐 그게 발전이에요.

순간: 안전지대

조너스 슬로너커 저한테 그때부터 지금까지의 큰 변화라면 이젠 완전히 커밍아웃한 상태라는 거죠.

서술자 조너스 슬로너커입니다.

조너스 슬로너커 맷이 죽고 나서 래러미를 떠나려 했어요. 그러다 매슈 셰퍼드 철야기도를 갔는데, 거기서 빌을 만난 거죠…. (웃는다.) 데이트를 시작했고… 그리고 그때부터 우린 같이 지내요. 십 년째. 빌이 내 남자 친구라는 걸 다들 알지만 난 안전지대에 있고 그 안전지대는 대학이에요. 학생과에서 근무하니까 진짜로 저한텐 안전한 곳이거든요. 농대라면요? 농대요? 완전히 다를 거예요. 또는, 만약 내가 일하는 데가 여기 래러미의 시멘트 공장이라면요, 다른 세상이겠죠. 그렇지만 자기의 안전지대를 찾는 게 동성애자로서 해야 할 일이라고 생각해요. 여기 래러미에서만이 아니라, 우리가 어디서 살건 말이죠.

순간: 벤치 헌정식

앤디 패리스 매슈의 기일이 이 주 앞으로 다가왔고, 우리는 대학이 그날을 기리기 위해 무슨 계획을 세우는지 알아보고자 베스 로프레다와 이야기를 나눴습니다.

베스 로프레다 대학은 매슈 셰퍼드의 이름으로 추모 벤치 헌정식을 열었습니다. 벤치는 캠퍼스 깊숙이 한적한 곳에 숨겨지듯 놓였습니다. 작은 헌정식이었습니다. 겨우 오십 명 정도 있었어요. 토요일 아침이었습니다. 쌀쌀했고, 그러다 여기 래러미 날씨가 흔히 그러듯, 갑자기 스위치를 켠 것처럼 확 타듯이 더워졌죠. 벤치 옆으로 연단이 있었어요. 데니스 셰퍼드가 헌사를 했죠. 말하려고 일어나는데, 코가 긁혀서 멍든 게 보였어요.

데니스 셰퍼드 (엄숙하게) 안녕하십니까. 제 아내와 전 와이오밍 대학교를 다녔고 여길 정말 좋아했습니다. 캠퍼스에 돌아오니 좋군요. 보시다시피, 작은 사고가 있었습니다. 집에서 일을 하다가 코를 부러뜨렸습니다. 제 아들 맷이 살아 있었을 때 하던 시합이 있었습니다. 우린 각자 두 번씩 코가 부러졌는데, 우리 중 하나가 한동안 다른 쪽을 앞서다가 다른 쪽이 곧 따라잡아서 동점이 되곤 했어요. 맷은 저를 계속 앞서고 있어서 신났을 겁니다. (포즈) 맷이 의식 없이 병원에 누워 있었을 때, 많은 부상 중 하나가 코가 부러진 거였어요. 그게 맷에겐 세번째여서, 저보다 하나 앞서게 된 거였죠. 이제 제가 다시 따라잡았습니다. (사이) 이곳은 사람들이 오는 장소입니다. 맷이 누군지를 안다면요. 사람들이 와서 앉아서 생각할 수 있는 곳일 겁니다. 많은 사람들이 래러미로 와서는 도시 밖 울타리로 가 보고 싶어 했습니다. 음, 더 이상 그곳에 울타리는 없습니다. 그래서 그 대신 여기로 올 수 있었으면 합니다. (사이) 맷은 그냥 보통의, 꿈과 야심이 있었던 보통 아이였습니다. 해외에서, 자신이 사랑했던 나라들을 더 개선시키는 일을 하고 싶어 했습니다. 그는 자신이 어떤 사람인지 부끄러워하지 않았습니다. 또, 자신이 누구를 사랑하는지도요. (사이) 오늘 아침 참석해 주신 모든 분께 고맙다고 말씀드리고 싶습니다. 이 벤치가 즐거움을 드리길 바랍니다.

재키 새먼 매슈가 남긴 유산, 매슈의 가장 큰 유산은 바로 여기 와이오밍 대학교에 있어요.

서술자 재키 새먼입니다.

재키 새먼 벤치가 헌정된 그날 아침 공기에서 전 일종의 망각 같은 걸 느꼈어요…. 왜냐하면, 여기 학내에서 우린 생활동반자법[5]을 마련해 보려고 애쓰고, 애쓰고, 애쓰고, 애쓰고, 애쓰고 있어요. 그리고 여전히 이루지 못했으니까요.

베스 로프레다 더 빠른 변화가 생길 거라고 기대한 곳이 있다면… 바로 여기 와이오밍 대학교일 겁니다.

재키 새먼 이 법을 위해 싸워 온 우린, 우리 스스로를 '사인방'이라고 불러요. 베스 로프레다, 캐서린 코널리, 저, 그리고 법대 학장인 제리 파킨슨이에요.

제리 파킨슨 우리 모두는 생활동반자법 발의에 대해 작년부터 낙관하고 있습니다. 저흰 자문위원과 생활동반자법을 어떻게 마련할 수 있는지를 의논해서 계획을 세워 왔거든요.

캐서린 코널리 그리고 학기가 시작하면 실행될 거라고 생각했죠.

제리 파킨슨 그런데 투표를 할 때가 되자, 그들이 바로 우리에게 그러더군요.

대학 행정직원 도덕적인 근거로 절대 반대한다고 하시는 재단 이사가 두 분 정도 있는데요, 그분들의 관점에 동의하진 않지만요…. 이 일의 사업적 필요성에 대해서 그분들과 이야기를 할 시간을 좀 주세요.

제리 파킨슨 (대학 행정직원에게) 자, 어쨌건 곧 투표는 해야만 하고, 반대표를 던질 거라는 그 두셋의 이사들은 본색을 보여 주겠죠.

대학 행정직원 그래요. 그분들이 언론에다 동반자 혜택에 관한 뭔가를 말씀하셔서 이 대의를 해치는 일이 생길까 봐 그럽니다. 그분들이 어떻게 하실지 저희가 몰라서요.

제리 파킨슨 (대학 행정직원에게) 이 일에서 나쁜 사람으로 보이는 건 그 사람들입니다. 동반자 혜택을 제안한 사람들이 나쁘게 보이는 게 아니라요.

재키 새먼 나 같은 사람은요? 난 내 파트너 앤과 이십 년을 살았는데, 그녀는 나로 인한 혜택을 아무것도 받지 못해요. 내가 낙담하는 건 전혀 걱정 안 되나 보죠?

대학 행정직원 저희는 교수님 심정을 누구보다 잘 압니다, 그리고 정말 공감합니다. 그렇지만 생각해 보세요. 이걸 너무 급하게 몰아붙이는 위험을 감수하고 싶지 않은 겁니다.

재키 새먼 우린 십 년째 싸우고 있어요. 더 이상 1950년대가 아닙니다. 래러미도 이십일세기로 가야 할 때예요. 매슈 셰퍼드 벤치도 좋지만 대학의 가치는 그 정책으로 드러나는 겁니다.

제리 파킨슨 같은 나라인데도 래러미에 관해 여전히 아무것도 모르는 사람들이 바깥에는 너무 많습니다. 그래서 그 사람들은 정말 진심으로, 와이오밍 대학교야말로 절대로 끝까지 동성 동반자 혜택을 채택하지 않을 거라고 믿습니다. 그리고 지금 되어 가는 걸 보면… 정말 우리**가** 마지막일 겁니다.

베스 로프레다 여기 대학교에서 일하는 많은 사람들과 많은 행정직원들은 창문으로 매슈 셰퍼드가 죽은 곳을, 그가 살해당한 곳을 볼 수 있어요. 학내에서 어떤 능동적이고 의미있는 변화를 **진짜로** 만들어내고자 애쓰는 걸로도 충분하지 않다면… 뭘 더 해야 할지 모르겠어요.

데니스 셰퍼드 명판엔 이렇게 써 두었습니다. '매슈 웨인 셰퍼드, 1976년 12월 1일-1998년 10월 12일. 사랑받은 아들, 형제, 그리고 친구. 매슈는 계속해서 변화를 만들고자 합니다. 매슈와 더불어 여기 앉는 모든 이들에게 평화를.' 정말 감사합니다.

순간: 다음 세대

연기 시 주의할 점: 이 학생들은 결코 멍청하게 그려지거나 조롱거리로 여겨져서는 안 됩니다. 이 주제에 대해서는 잘 알지 못하는 보통의 대학생처럼 연기해야 합니다.

서술자 그레그 피라티입니다.

그레그 퍼라티 학생들을 만나 볼 수 있지 않을까 해서 교내를 돌아다니고 있다. 지금 어떻게 생각하는지 다음 세대와 이야기를 해 보려 한다….

차에 타려는 젊은 커플을 봅니다. 질문 하나 해도 될까요. 혹시 매슈 셰퍼드를 위한 벤치 헌정식에 참석했나요?

소년 실례지만 저희 가 봐야 해서요.

소녀 네?

그레그 퍼라티 매슈 셰퍼드요. (포즈) 그 사람이나 일어났던 사건 기억하세요?

소년 모르는 사람인데요.

그레그 퍼라티 아무것도 들어 본 적 없어요?

소년 이름은 들어 본 것 같은데, 그게 다예요.

그레그 퍼라티 들어 봤어요?

소녀 동성애자인데 살해당했다고 들었어요. 어딘가 기둥 같은 그런 데에 놓고 갔다고, (애매하게 학교 안을 가리킨다.) 그리고 살해당했다고요.

그레그 퍼라티 그럼 입학한 지는 얼마나 됐나요?

소녀 이 년이요.

그레그 퍼라티 그쪽은요?

소년 네, 이 년 됐어요.

(다른 학생이 옆을 걸어간다.)

그레그 퍼라티 다른 학생들하고도 이야기했습니다.

학생 제가 들은 얘기로는요. 그 사람이 마약 딜러로 뭔가 거래를 망쳐서, 그 남자들이 그 사람을 쫓아가서 끝장낸 거라고요.

그레그 퍼라티 그러면 매슈가 동성애자라서 이 살인이 일어났다고 생각하진 않는 거네요?

학생 그게 맞다는 게 아니라요. 그렇게 들었다고 그냥 말씀드리는 거예요.

그레그 퍼라티 알겠습니다.

학생 그런 다음에 언론이 들어와서 자기들 목적에 맞춰서 그 사람이 동성애자인 게 원인이라고 말했다면서요. 이걸 수단이라고 본 거죠.

그레그 퍼라티 그건 어디서 들었어요?

학생 많은 학생들이 그렇게 말하는 것 같았어요. 그래서 자기들이 뭔 말을 하는지 알 거라고 생각했어요.

순간: 「20/20」

서술자 캐서린 코널리입니다.

캐서린 코널리 매슈 셰퍼드의 이야기에 대한 믿음으로 이 대학교에 온 학생들은 이미 한 세대, 아니 두 세대가 지났어요. 이 일이 자신들 역사의 일부이고 좀 더 알고 싶어 한 학생들이요. 그리고 그 학생들은 자신들이 매슈와 가해자들 양쪽이 걸었던 같은 길을 걷고, 같은 방에 있다는 걸 알고 있었어요. 그렇지만 이제, 새로운 학생들은 그게 자신들의 삶과 관련이 있다고 생각하거나 관심을 두거나, 알려고도 하지 않고 이 대학교에 옵니다….

왜냐하면 여기선 매슈 셰퍼드와 관련해서 다른 일이 일어나고 있거든요.

2004년에 방영된 「20/20」[6]이 있었어요. 매슈가 죽은 지 육 년 후, 그 프로그램이 암시하는 건 이 일은 증오범죄가 아니라 강도나 마약 거래가 잘못되어 버렸다는 거였죠. 그리고 여기 래러미 사람들은 그 당시 틀린 보도에 대해 시퍼렇게 화를 냈죠.

데이브 오맬리 「20/20」에서 인터뷰를 하자고 전화가 왔는데요….

서술자 데이브 오맬리, 래러미 경찰서의 셰퍼드 사건 담당 수사관입니다.

데이브 오맬리 '정확하게 당신들 모두가 하려는 게 뭡니까?'라고 물었습니다. 그랬더니 그 사람들 말이 이랬죠.

글렌 실버 객관적으로, '육 년이 지났는데 어떻게 되었나' 이런 종류의 보도예요.

데이브 오맬리 우리 집에 와서 프로듀서인 글렌 실버와 엘리자베스 바거스, 그리고 제 아내 젠과 제가 저 테이블에 앉았죠. (거실의 테이블을 가리킨다.) 그리고 제가 물었습니다. '이 방송을 연출하시고자 하는 어떤 정해진 관점이 있으신가요?'

글렌 실버 아뇨, 아뇨, 아뇨, 아니요. 그건 걱정하지 마세요.

데이브 오맬리 그리고 엘리자베스 바거스가 저희 욕실로 가서 옷을 갈아입고 준비하고 인터뷰를 했습니다. 그러곤 곧장, 메텀페타민[7] 문제가 터졌습니다.

「20/20」 진행자 2004년 11월 26일입니다. 안녕하십니까, 「20/20」입니다.

매슈가 동성애자였기 때문에, 매슈 셰퍼드 살해사건은 증오범죄로 널리 인식되어 왔지만, 앞으로 한 시간 동안 살인자들로부터 직접, 그리고 처음으로 나온 새로운 증거로부터 아주 다른 이야기를 듣게 되실 겁니다. 「20/20」 조사팀은 이 나라에서 가장 악명 높았던 어느 범죄에 대한 충격적인 새로운 사실을 밝혀냈습니다. 그다음에 무슨 일이 일어났는지 안다고 생각하시겠지만, 모든 이야기를 다 들으셨던 건 아니었습니다.

얀 룬드허스트 그걸 보고 전 너무 충격을 받았어요.

서술자 래러미 주민 얀 룬드허스트입니다.

얀 룬드허스트 살인자들은 몇 년을 감옥에서 지낸 다음 인터뷰를 했어요. 그리고 제 생각은 이래요. 그래, 뭐, 이젠 원하는 게 뭐든 원하는 대로 이야길 바꿀 수 있겠지. 그자들은 자백할 때 말했던 걸 완전히 바꿨어요.

데이브 오맬리 「20/20」이 이야기하지 **않은** 것에 더 화가 났습니다. 빼놓고 말하지 않는 것에요. 제 말은 어떻게 여길 와서, 첫째로 나한테 거짓말을 하고, 둘째로 벅혼 바에서 들은 마약중독자들의 이야기만을 바탕으로 깔고는, 유죄 판결을 받은 두 명의 살인자 이야기를 붙여 버릴 수 있냐는 겁니다. 그리고 전 그냥, '이런 죽일 놈들이!' (이메일을 들고는) 그 사람들이 떠나고 글렌 실버가 엘리자베스 바거스한테 보낸 이메일을 인쇄해 둔 걸 발견했지요. 그 복사본을 드릴 수 있어요. 뭐라고 써 있냐 하면요.

글렌 실버 데이브가 아주 숙련된 형사이고 범죄를 재빨리 해결한 열쇠가 되어 주긴 했지만, 초기에 증오범죄라는 동기에 빠져 버렸고 우리 방송은 궁극적으로 그 논리의 결함을 이용해서 신빙성을 없애 버릴 수 있을 것 같음.

데이브 오맬리 그걸 읽고 이 개새… 죄송합니다…, 난… 좀 화가 났어요. 이자들이 내 집에 앉아서… 나한테 거짓말을 한 겁니다. 그리고 실버는 콜로라도까지 그 먼 길을 다시 차를 몰고 와서는 우리한테 전화를 해서 그럽디다.

글렌 실버 '어… 저희가 거기 뭐 두고 온 것 같아서요.'

데이브 오맬리 그리고 내가 말했죠. '네, 그리고 이미 내 아내가 스캔을 해서 주디 셰퍼드 씨에게 보내서, 그분이 그걸 워싱턴의 자기 변호사에게 보냈으니 원하면 돌아와서 가져가시든가.' 그랬더니, 덴버에서부터 그 먼 길을 다시 차를 몰고 오더군요. 난, 난, 난 폭력적인 사람은 아니지만 정말로 그자 목을 조르고 싶었지요. (사이) 그리고 우린 매주 「20/20」을 봤었단 말입니다….

짐 오즈번 여기 래러미의 몇 사람들은 이 일이 일어난 이유에 대해 어떤 핑계라도 찾고 싶은 겁니다.

서술자 짐 오즈번, 매슈 셰퍼드의 친구입니다.

짐 오즈번 사람들은 이 살인사건을 지우고 싶어 해요. 그리고 그 사람들의 방식에서 큰 몫을 차지한 게 「20/20」이었어요. 존경받는 주류 뉴스 프로그램이 이런 식으로 마련한 이야기를 들고 와서는 그러는 거죠. '네, 진짜로는 그가 동성애자였다는 사실 때문이 아니었습니다. 진짜는 **이런** 일이었습니다.'

데이브 오맬리 피비에스PBS [8]가 멋지게 반박했지요. 모든 사실이 가짜 진술, 유도 심문, 문맥과 상관없는 인용을 가리킨다고 조목조목 짚어 줬지만…. 피비에스를 보는 한 줌의 사람들을 「20/20」을 보는 사람들한테 어떻게 비하겠어요?

캐서린 코널리 (낙담해서) 재판에서 직접 나온 사실, 실제 자백의 사실성, 재판에서 일어난 모든 일이 우리에게 진실을 알려 줬고… 그리고 이게 진실이고, 진실이 여기 드러났으니까, 진실이 승리할 거라고 생각했어요. 그렇지만 현실은, 시간이 지나면서 「20/20」이 매슈 셰퍼드의 죽음을 인식하는 방식에 엄청나게 큰 부정적 영향을 만들어냈어요. 그리고 이건, 이건 개인적인 거고, 마약 거래가 잘못된 것뿐이라는 믿음과 인식이 생겼죠. 그래서 내가 어떻게 느끼는지를 묻는 건가요? 이런 일이 생기고 나면 충격으로 아무런 반응도 할 수가 없어요. 이게 우리의 역사입니다.

순간: 로저 슈미트 신부

서술자 그레그 퍼라티입니다.

그레그 퍼라티 오늘 십 년 전 래러미에서 매슈를 위해 철야기도를 주재하셨고, 또한 감옥으로 에런 매키니를 찾아가 상담을 하셨던 가톨릭 사제 로저 신부님과 이야기했다. 로저 신부님은 더 이상 래러미에 계시지 않는다. 그분과 전화로 이야기했다.

로저 슈미트 신부 난 2002년에 래러미를 떠났어요. 안식년을 받은 다음 캔자스시티로 배정받았어요.

그레그 퍼라티 안식년에는 어디로 가셨나요?

로저 슈미트 신부 바티칸 2세 연구소인 멘로 파크요. 근사한 곳입니다. 그레그, 혹시 사제 임명을 받게 된다면, 안식년으로 거길 가세요.

그레그 퍼라티 (사이) 신부님, 제가 뭔가를 생각했는데 지금 하나도 기억이 안 나네요. (사이) 아 맞다, 그래서 이 일로 인해 일어난 개인적인 변화가 있으신가요?

로저 슈미트 신부 매슈 사건 전보다 전 훨씬 더 용감해졌습니다. 성정체성에 대해서 훨씬 더 많이 이야기합니다. 일요일마다 이야기하는 건 아니지만, 성경에서 그런 이야기를 할 수 있도록 해 줄 때마다 하지요.

그레그 퍼라티 래러미 그리우세요, 신부님?

로저 슈미트 신부 아, 그럼요. 네, 래러미 그립죠. 항상 래러미가 그리울 겁니다.

그레그 퍼라티 그리고 여전히 에런 매키니와는 연락하시나요?

로저 슈미트 신부 네, 종종 에런을 방문합니다. 여러 번 보러 갔었죠. 에런은 와이오밍 주의 롤린스에 이 년 있었고, 지금은 버지니아에 있고, 그리고 여전히 우리는 편지를 교환합니다.

그레그 퍼라티 저희가 인터뷰를 해 봐야 한다고 생각하시나요?

로저 슈미트 신부 그럴래요? 그러면 좋겠는데. 왜 그런지를 들어 봐요. 에런 매키니와 러셀 헨더슨은 우리 사회가 만든 산물이에요. 그들도 우리의 형제예요. 어떤 식으로라도 용서를 해 주자고 말하는 건 결코 아닙니다. 그렇게 듣는다면, 날 오해하는 거예요. 그렇지만 이해한다는 게 동의한다는 걸 의미하진 않아요. 이해한다는 게 관대해지라는 뜻은 아닙니다. 그렇지만 또한, 이해한다는 게 자기 자리에 앉아 결정할 수 있는 그런 것도 아닙니다. 에런을 이해하려면, 찾아가 봐야 합니다.

그레그 퍼라티 절 만나 줄지 물어보는 편지를 오늘 에런에게 보내 보겠습니다.

로저 슈미트 신부 그래요, 그레그. 꼭 **그래야만** 한다고 생각해요. 그렇게 해야만 해요. (사이) 내가 이야길 하나 해 줄게요. 몇 년 전에 한 남자가 우리 수도원에 들어와서는 수도사 네 명을 쏘고는, 교회로 들어가 총으로 자살했어요. 시체를 가져가려는 수사관 중 한 사람이 그레고리 수도원장님께 말했어요. '음, 이분들을 죽인 자의 시체는 다른 차로 옮기겠습니다.' 그러자 수도원장님이 말하셨죠. '아니요, 이자도 우리의 형제입니다. 모두 다 같은 앰뷸런스에 실어도 됩니다.' 이제 여기서 다시 시작해야 합니다. 매슈는 우리의 형제입니다. 에런은 우리의 형제입니다. 러셀은 우리의 형제입니다. 그레그, 에런은 나와 다른 게 아니라 훨씬 더 많이 나와 닮았어요.

순간: 루시 톰프슨

스티븐 벨버 그레그가 로저 신부님과 이야기하는 동안, 나는 러셀 헨더슨과 이야기할 방법을 찾고 있었다. 그래서, 러셀 헨더슨의 모르몬교 가정 방문 교사였던 진 프랫을 다시 만났다. 살인 이후 러셀은 모르몬 교회에서 파문당했다. 그렇지만 프랫 씨는 가족들과 여전히 가깝게 지내고 있었다. 이번에 프랫 씨는 십 년 전에는 하고 싶어 하지 않았던 일을 해 주셨다. 러셀의 할머니인 루시 톰프슨 씨와 만나도록 주선해 주신 것이다.

리 폰다카우스키 그분은 십 년 전 러셀의 판결에서 탄원서를 읽으실 때

뵈었던 것보다 훨씬 더 나이가 드시고 쇠약해지셨다.

스티븐 벨버 벽에는 연필로 그린 예수 그림이 있었다. 하나하나 세밀하게, 아름답게 그려진 그림이었다.

루시 톰프슨 러셀이 감옥에서 이 그림들을 그려서 나한테 보내 줬지요. 정말 그럴듯하지요? 연필하고 스케치북을 좀 부쳐 주려고 했는데. 그렇지만 버지니아의 지금 있는 데서는 미술용품을 가질 수가 없어요. 롤린스에 있었을 때는 됐거든요. 롤린스에선 고졸 검정 시험도 통과해서, 대학 수업도 들으러 갔거든요. 강좌도 선택하고, 책도 보내 주고, 막 흥분하고, 그러다 그 사람들이 말했죠. '좋아, 이제 이감할 때야.' 두 번이나 그런 일이 일어났어요. 그래서 결국은 한 번도 못해 봤어요. 대학 가는 거요.

스티븐 벨버 톰프슨 씨, 저희는 진심으로 러셀과 인터뷰를 하고 싶습니다. 저희와 이야기를 할까요?

루시 톰프슨 (포즈) 모르겠네. 한번 편지를 써 봐요. 그리고 오늘 우리가 한 이야기를 나도 걔한테 말할게요. 거의 꼬박꼬박 전화를 하거든요. 그렇지만 그건 걔한테 달렸어요.

스티븐 벨버 고맙습니다.

순간: 『래러미 부메랑』 2—우리의 관점

서술자 앤디 패리스입니다.

앤디 패리스 래러미에 머무는 동안, 『래러미 부메랑』에 매슈 셰퍼드에 관한 두 편의 기사가 실렸다. 뎁 톰슨이 모이세스에게 언급했던 기사였다. 10월 12일, 매슈의 기일 십 주기인 오늘 아침, 조너스 슬로너커의 전화를 받았다. 그리고 그는 이렇게 말했다.

조너스 슬로너커 오늘 『래러미 부메랑』 봤어요? 사설 읽어 봐요. 안 믿길

걸요. 뭐라고 하냐 하면요.

『래러미 부메랑』 편집장 “우리의 관점. 래러미는 ‘프로젝트’가 아니라 우리가 사는 ‘공동체’이다.”

십 년 전 일어난 매슈 셰퍼드의 잔인한 살인사건을 되돌아보자는 최근의 『래러미 부메랑』 보도 기사는, 이 지역 사회로부터 광범위한 반응을 끌어내었다. 가장 큰 반응은 이 기일이 왜 뉴스로 다뤄져야만 하는지를 이해 못하겠다는 사람들로부터 나왔다.

일부 독자들은 이 기사가 연재되었던 주간의 신문 배달을 중지해 달라고 전화했다. 다른 독자들은 지역 신문으로서 전국적인 악명을 얻은 기일에 관한 기사를 실어야만 하는 것은 받아들일 수 있지만, 보도가 좀 덜 자세하고 좀 더 조심스러웠더라면 하고 바라고 있었다.

조너스 슬로너커 이거 믿겨요?

『래러미 부메랑』 편집장 더욱더 철저한 보도를 원한다는 의견은 훨씬 적었다.

넓은 범위의 지역 주민들에게 들은 직접적인 의견과 또 토론을 통해서, 우리는 래러미가 대부분의 지역 사회와 유사하지만 좀 더 관용적이라고 말할 수 있다. 이것이 편협하거나 편견을 가진 사람이 여기 없다는 걸 의미하지는 않는다. 있다. 그러나 래러미는 그런 사람들로 규정되지 않으며, 몇몇 의심스러운 사람들의 행위 때문에 우리의 고향에 이런 이름이 붙는다고 보는, 우리 중 누군가에게는 심히 분노할 일일 것이다.

그 이름 붙이기는 이 경우 특히 언짢은 일인데, 문제의 범죄는 매슈 셰퍼드가 동성애자이므로 벌어진, 동성애 혐오로 인한 공격이자 증오범죄라고 온 나라의 언론에 그려졌기 때문이다. 그렇지만 그 범죄를 저지른 두 사람을 제외한다면 어느 누구도 그 동기를 알 수는 없다.

조너스 슬로너커 앤디, 그자들은 재판을 받았고 증오범죄가 성립되었다고요. 그래서 재판을 받았잖아요. 그게 재판을 했던 이유고 그래서 우리가 이런 걸 알 수 있었다고요!

「래러미 부메랑」 편집장 경찰 기록을 보면 명확하게 강도 상해가 심하게 틀어져 버린 걸 시사하는 것처럼 보인다.

조너스 슬로너커 무슨 경찰 기록을 말하는 건데요? 강도요? 돈을 뺏고 싶어서 묶어 놓고 머리를 깨부순다고요? 말도 안 돼요! 그리고 이게 래러미 주류 일간지예요.

「래러미 부메랑」 편집장 그렇지만 래러미를 서부 황야의 편협한 마을로 낙인찍고 싶은 자들은 자신들의 이야기에 사실이 끼어들도록 하지 않았다. 그렇다면 누가 편협함의 죄를 짓고 있으며 고정관념을 계속 만들어내고 있는가?

조너스 슬로너커 (화가 나서) 강도사건이 마약 때문에 잘못되었다, 이건 부정이에요. 일종의 집단 부정이라고요.

앤디 패리스 조너스는 편집장에게 편지를 썼다.

조너스 슬로너커 래러미의 많은 시민들은 앞으로 나아가길 원하지만, 부정은 그걸 달성할 수 있는 최선의 방법이 아닙니다. 매슈 셰퍼드를 살해한 동기의 전부 또는 일부가 동성애 혐오라는 걸 인정하는 것은 래러미에 전혀 수치스러운 일이 아닙니다. 절대 그렇지 않습니다. 당연히 범죄는 래러미를 규정하지 않습니다. 우리가 그 범죄에 어떻게 대응하고, 범죄에 관해 어떻게 이야기하고, 그리고 이러한 일이 다시 일어나지 않도록 하기 위해 어떻게 해야 하고, 하지 말아야 하는지가 래러미를 규정합니다.

앤디 패리스 그런 다음 나에게 말했다.

조너스 슬로너커 앤디, 내 편지가 실렸을 때 사람들이 뭐라 할지 듣고 싶어서 못 기다리겠어요.

순간: 눈에 보이는 표식들

서술자 스티븐 벨버입니다.

스티븐 벨버 파이어사이드 바의 예전 주인이었던 맷 미컬슨과 오후를 보냈다. 울타리는 치워졌다. 매슈가 살인자들을 만났던 파이어사이드는 제이제이스JJ's로 이름이 바뀌었다. 매슈 셰퍼드 살해 사건의 눈에 보이는 모든 표식들이 사라진 것처럼 보였다.

맷 미컬슨 네, 파이어사이드를 팔아야만 했어요. 한쪽에선 이런 식이에요. '이 동네 게이 바다!' 그러면 다른 쪽에선 이런 식이에요. '게이를 죽인 미친 촌뜨기들!' 칠 년 동안, 그 개 같은 상황을 넘겨보려고 애썼습니다. 그러다 엠티브이MTV가 영화를 만들었어요. 그래서 개조하고 칠도 다시 하고 별짓거리를 다했죠. 그런 다음 에이치비오HBO가 영화를 만듭니다. 엔비시NBC가 영화를 만들어요. 「20/20」도 영화를 만들어요. 씨발 칠 년이나 그 쓰레기를 약처럼 빨아 댔다니까요. 금요일 밤이면 젊은이들이 창문을 넘어다니며 술집을 전전해 줘야 하는데 유령 마을이 되어 버렸어요. 아, 맷이 죽은 해에 팔십만하고 몇 천 달러를 벌었죠. 그다음 해는 사만삼천 달러였으니, 완전히 망한 거죠. 그 망할 놈의 바를 내놓을 수밖에 없었습니다.

스티븐 벨버 그러고 난 미컬슨 씨에게 『래러미 부메랑』 사설에 대해 물었다.

맷 미컬슨 제가 사람들에게 하고 싶은 말은요, 정말 언론의 엄청난 선정주의였다는 겁니다. 증오범죄, 증오범죄, 증오범죄, 아니거든요. 그게 이슈가 아닙니다. 이슈는 메텀페타민이에요. 그놈들이 사흘을 했대요. 그 두 놈이 사흘을 약에 취해 있었답니다. 그래서 때리고 강도 짓을 한 거였어요.

서술자 짐 오즈번입니다.

짐 오즈번 한 친구가 두 달 전에 저에게 말하더군요.

친구2 나 진짜로 무슨 일이 일어났었는지 알아요. 사람들하고 이야기 했거든요. 진짜로 무슨 일이었는지 안다니까요. 약 때문이래요.

짐 오즈번 그리고 난 걔를 보면서 말했죠. '맷이 죽었을 때 넌 여덟 살이었어. 도대체 진짜로 무슨 일이었는지 네가 어떻게 아는데? 넌 여덟 살이고 이 마을에 살지도 않았어. 그런데 어떻게 아는 건데?'

레지 플루티 네, 그게 증오범죄가 아니었다고 말하는 사람들 얘기 들었습니다.

서술자 레지 플루티입니다.

레지 플루티 저한테는 아무도 그렇게 말하지 않습니다. 만약 그런다면, 하자마자 입 닥치게 될 테니까요. 논쟁하지 않을 겁니다. 그건 선택할 일이 아닙니다. 그건 개소리고 전 제 시간이나 그 사람들 시간을 낭비하고 싶지 않습니다.

순간: 『래러미 부메랑』 3 — 우리가 우리에게 했던 이야기

조너스 슬로너커 『래러미 부메랑』이 제 편지를 실어 주기를 일주일 내내 기다렸습니다. 그리고 마침내 다음 주 일요일이 되었고, 편지는 실리지 않았습니다. 그리고 미식축구 경기에 사람들이 충분히 오지 않았다는 사실을 한탄하는 사람의 편지가 실렸고, 저는 '아, 세상에 내 편지가 실릴 공간이 저렇게 많았는데 (눈물을 참는다.) 그냥 안 실었어.' 파트너인 빌에게 말했어요. '우리가 이 작은 세상, 그러니까 우리 마을, 우리 직장 안에만 있으면 모든 게 다 괜찮지만, 이런 개소리를 생각하는 사람들이 우릴 둘러싸고 있는 거야.' 그리고 들판으로, 저 밖으로 가서 목이 쉴 때까지 소릴 질렀어요. 편지를 실어 주는 걸 거절당하니까 정말 용기가 꺾여 버렸어요. 제가 뭘 할까요? 뭘, 도대체 뭘 해야 할까요?

제프리 록우드 래러미에 이런 순간이 있었습니다. 자기반성을 할 순간이 있었어요.

서술자 제프리 록우드입니다.

제프리 록우드 그렇지만 그냥 너무 겁난 거죠. 매슈 셰퍼드 살해사건은 우리가 어떤 사람인지, 우리 스스로에게 어떤 이야기를 해 왔는지에 대해 정면으로 맞선 사건이었습니다. 그래서 우린, 우리가 해 온 이야기를 근본적으로 바꿔 버리거나 아니면 사실관계를 버려야만 했던 겁니다. 그리고 우리는 지금까지 사실관계를 버린 겁니다.

레지 플루티 수치란 건 웃기죠. 정말로 자기 자신을 열심히 들여다보게 만들어요, 그렇죠? 마을에 그런 일이 일어나면, 그리고 그 일로 공동체가 상처를 입으면, 그 자리에서 '그래, 여기서도 일어날 수 있어'라고 생각해야죠. 그런데 '그래, 우리가 망쳤어'라고 말하며 수치스러워지는 건 힘든 겁니다. 그 대신에 다시 변명을 만들기 시작하고, 누군가 다른 사람을 손가락질하면서 탓을 합니다. 그걸 개인적으로도, 공동체로서도 하고, 국가라는 이름으로도 우리는 하고 있어요. 그것이 우리가 지금까지 해 온 거라고 생각해요.

순간: 포트럭

리 폰다카우스키 와이오밍 대학교의 민속학자 존 도스트와 이야기했다. 우리는 매슈의 기일에 『래러미 부메랑』에 실린 편집장의 글을 보았는지 물었다.

그레그 퍼라티 그러고 나서 물었다. '그래서 민속학자로서, 왜 여기 래러미에 이런 소문이 만연한지 말해 주시겠습니까?'

존 도스트 민속학자로서 볼 때, 공동체는 자신들의 역사를 소유하고 통제하려는 욕망이 있다고 말씀드릴 수 있겠네요. 그리고 그게 너무 지나치면, '반동형성reaction formation'이 일어납니다. 사건을 구성한 사실이나, 재판 진행 과정처럼 이미 형성되어 버린 요소로부터 사람들은 시작합니다. 그리고 전설을 만드는 과정에서 종종 실제 사건, 우리가 이야기라고 부르는 게 소멸될 때까지 세부적인 사실을 깎아 내려가며 선별하고 축소하는 일이 일어납니다. 그리고 그게 바로 민속학자들이 소문이라는 장르로 부르는 겁니다. 그런데 제가 묻고 싶은 건, 여기 래러미에서 어떤 종류의 이야기를 들으셨죠?

그레그 퍼라티 음, 리와 저는 어젯밤에 3번 가와 스틸 가 사이에서 있었던 포트럭 파티에 초대되어서 몇 사람들과 이야길 했는데요.

존 도스트 그리고 뭐라고 하던가요?

조지 마약 거래가 망쳐져서 그렇게 된 거라고 들었어요. 증오범죄라고 생각하지 않습니다. 래러미는 그런 마을이 아니에요. 동부의 언론들이 우릴 어떻게 생각하는지 알지만, 우린 그런 사람들이 아닙니다. 다른 곳에선 그럴 수 있겠죠.

그레그 퍼라티 네. 사람들이 연극을 볼 때 저희가 자주 들은 반응 중 하나는 이거였어요. '이건 우리 마을이야. 래러미는 우리 마을과 똑같아.'

조지 그거예요. 바로 그겁니다.

그레그 퍼라티 그럼 그 말은 래러미엔 동성애 혐오가 없다는 뜻인가요, 아니면 다른 마을에도 역시 동성애 혐오가 있다는 뜻인가요?

조지 래러미는 동성애를 혐오하는 공동체가 아닙니다. 그런 사람들도 있겠죠. 그렇지만 우린 동성애를 혐오하는 마을이 아니에요.

존 도스트 어떤 면으론, 네, '우리 마을 래러미에 마약 문제가 있습니다' 라고 말하는 게 더 받아들이기 쉽거든요. 그건 고칠 수 있는 거니까요. 혐오, 특히 동성애 혐오는 그보다 더 통제가 안 되는 것이죠.

벤 아직 어느 쪽으로도 마음을 정하진 못했지만, 이걸 증오범죄라고 말하는 건 상황의 맥락을 고려하지 않은 겁니다.

리 폰다카우스키 무슨 말씀이신지요?

벤 그자들이 착하진 않았죠. 난잡한 성생활과 마약투성이인 곳에서 살았으니, 그런 환경에선 좋은 거라곤 나올 수 없겠죠. 매슈 셰퍼드는 신호를 못 본 거죠. 그 두 사람이 분명히 믿어선 안 된다는 신호를 보냈을 텐데, 그 신호를 놓친 겁니다.

리 폰다카우스키 어떻게 그걸 아시죠?

벤 친구들한테 들었죠. 아는 사람들, 제가 어울리는 사람들이 말하기를 걔들 그냥 약에 취한 거였대요.

리 폰다카우스키 그렇지만 경찰이 약에 취한 게 아니라고, 약물 때문이 아니었다고 밝혔는데요.

벤 음, 제가 이야기한 사람들은 말이죠. 전 걔들을 경찰보다 믿거든요. 전 권위있다는 사람들 대개는 안 믿어요. 그리고 래러미 경찰은 신뢰하지 않아요.

존 도스트 그런 종류의 내부자 정보는, 사람들이 자기 이야기를 통제한다고 주장하는 또 다른 방식입니다. 이런 거죠. '우린 내부자야, 진짜로 무슨 일이 일어났는지 알아.'

짐 그 세 사람은 그냥 일어날 수밖에 없었던 열차사고 같은 거였어요. 성적인 뭔가가 있다는 것도 들었어요.

그레그 퍼라티 어떻게 아시는 거죠? 그게 사실인 것처럼 말씀하시지만, 지금 말씀하시는 걸 부인할 수 있는 많은 정보가 재판에서 있었어요.

짐 아, 못 들었네요. 어쩌면 사실이랑 허구가 섞인 것 같네요. 그렇게 해서 도시 전설이 생기잖아요. 도시 전설이죠.

존 도스트 자신들이 들었던 소문 같은 걸 내밀었을 때 좀 더 질문을 받게 되면 사람들은 재빨리 뒤로 물러섭니다. 더 밀어붙이면 '소문의 관례'를 위반한 겁니다. 사람들은 당연히 물러나게 됩니다. 그 관례란, 절대 소문으로는 다투지 않는다는 겁니다. 그게 바로 이런 식으로 흐릿하게, '어디서 들었는지는 모르겠어'라면서 소문이 도는 이유 중 하나죠. 말하자면 공기 중에 있는 거죠. 그냥 떠돌아다니는 겁니다. 그게 소문의 본성입니다. 그렇다면 이런 식으로 정신적 외상을 입을 정도로 충격받은 공동체에 얼마만큼의 동정심을 가져야 할까요? 동시에 이러한 소문에 맞서고자 하는, 도덕적이고 윤리적인 위치를 포기하지 않으면서요? 아주 복잡한 문제입니다.

제가 볼 때, 이건 분명히 중요한 문제입니다. 어쩌면 여기 래러미의 가장 핵심적인 문제일 겁니다. 기억이나 역사를 통제하고자 하는 욕망 말입니다.

수전 스와프 그렇지만 공동체 전부가 그걸 증오범죄가 아니었다고 생각하는 건 아무래도 잘못된 거 같은데요.

서술자 래러미 주민 수전 스와프입니다.

수전 스와프 그건 래러미를 부당하게 그리는 거예요. 전 믿지 않아요. 사람들이 이렇게 말한다는 거잖아요. '래러미는 그게 강도사건, 아니 마약 거래가 틀어진 거라고 믿어.' 그리고 그건 진실이 아니에요, 전 그렇게 믿지 않아요.

베스 로프레다 물론 이 이야기는 계속 다시 말해집니다.

서술자 베스 로프레다입니다.

베스 로프레다 단지 여기서만이 아니라, 전국적으로요. 노스캐롤라이나에서 온 국회의원이 매슈 셰퍼드 살해사건을 증오범죄라고 부르는 건 '거짓말'이라고 방금 주장했답니다. 그런 부정직함에 우릴 얽어 넣어도 괜찮다는 생각에 정말 화가 납니다. 그걸 언제 멈출까요? 우리 모두가 거짓말을 하기로 동의했을 때, 그래서 많은 사람들이 자신들이 역겹게 느끼는 게 당연하다고 여겨지는 사람을 동정하지 않게 된다면, 우리가 사는 세상은 정말 해로워질 겁니다. 그건 그냥 끔찍할 겁니다.

순간: 니키 엘더

니키 엘더 매슈가 죽었을 때, 큰 딸은 유치원생이었어요.

서술자 니키 엘더, 래러미 고등학교의 선생님입니다.

니키 엘더 지금 열다섯 살인데, 아주 훌륭한 친구를 두고 있지요. 정말 착한 남자아이예요. 최근에 둘이 버스에 앉아 있는데, 남자애들이 그 친구한테 오더니 '아, 우리가 널 마을 바깥 울타리에 그냥 묶어 둬야 하는데' 이러는 거예요. 그 남자애들이 이 아이한테 한 말이에요. 이제 고등학생이니까 맷이 죽었을 때 네 살, 다섯 살이었을까요? 제 딸이 그걸 선생님께 말씀드렸고, 전 그렇게 한 딸이 아주 자랑스러워요. 그리고 교장 선생님께서 당장 그 애들을 처벌하려고 불러들이셨죠. 래러미에서 이건 아주 심각하게 받아들여지는 일입니다. 그렇지만 십 년이 지났으니, 다시 순환 주기가 생겨나는 게 보이죠.

순간: 사건 수사관

연기 시 주의할 점: 드브리와 오맬리는 여기에서 방어적으로 연기해

서는 안 된다. 두 사람은 사실에 자신이 있으며, 자신들의 직업이 가진 모든 권위를 보여 주어야 한다.

앤디 패리스 그날 밤에 일어났던 일에 대한 너무 많은 소문을 듣고 나서, 우리는 매슈의 사건을 수사했던 경찰, 롭 드브리 씨, 데이브 오맬리 씨와 이야기하기로 했다.
매슈 셰퍼드가 동성애자라서 매키니와 헨더슨이 목표로 한 게 아니었다고 사람들이 얘기하는 걸 들었습니다.

데이브 오맬리 그들이 진술한 내용은, 화장실로 가서 자신들이 동성애자인 것처럼 굴어서 맷과 친해져서 고립시키자는 거였습니다. 네.

롭 드브리 어떤 계획을 짰는지 헨더슨이 아주 자세하게 말해 줬습니다…. 매슈가 동성애자라는 걸 알고 있었고 그를 꾀어내려고 한 사람이 동성애자인 것처럼 굴었다는 겁니다. 동성애자라는 걸 추측했다는 건 분명하게 어떤 개인에게 초점을 맞추었다는 겁니다.

앤디 패리스 저희가 계속 들은 또 다른 이야기는, 그냥 강도사건이 잘못된 거라는 겁니다. 헨더슨과 매키니는 그저 돈만 원했을 뿐이라는 겁니다.

롭 드브리 그게 시작이었죠, 그리고 당연히, 강도사건이 그 일부였죠. 그렇지만 그것을 넘어선 사건입니다. 그러니까, 지갑은 바에서 몇 블록 지나지 않아서 매키니에게 거의 확실하게 넘겨졌을 겁니다. 바로 여기 모퉁이에서요. 그걸로 강도사건은 끝인 겁니다. 이미 거기서 지갑에 관한 일은 지나갔다는 거죠.

데이브 오맬리 매키니가 직접 한 진술은 '전 지갑을 뺏으려고 개를 한 번만 때렸을 뿐이에요'였습니다. 그렇다면 **왜** 이 젊은이를 도시 경계선 바깥으로 데려가서, 울타리에 묶고 커다란 총의 개머리판으로 얼굴과 머리를 열아홉에서 스물한 차례 가격했을까요?

앤디 패리스 이런 소문에 그럼 도대체 어떤 대답을 해야 할까요?

롭 드브리 경찰을 제외하고는 많은 사람들이 범죄 현장을 한 번도 보지 못했습니다. 그 현장은, 정말 전투가 일어난 곳이었어요. 그자들은 매슈를 묶고는, 증오에 차서 구타했습니다. 시계가 매슈한테서 약 9미터 정도 떨어진 곳에 있었습니다. 너무나 여러 방향으로 넓은 영역에 튄 핏자국을 볼 수 있었습니다. 약 18미터 정도요. 사방에 피가 튀어 있었습니다. 그리고 헨더슨의 진술에 따르면, 매슈가 묶인 걸 풀고, 도망을 치려 했다고 했습니다. 물론 멀리 가지는 못했습니다.

앤디 패리스 몇 사람들 말로는 매키니와 헨더슨이 그날 밤 마약과 관련되어 있었다고 하더군요.

롭 드브리 어떤 약물도 매키니와 헨더슨과 연관되어 있지 않다고 증명되었습니다…. '그냥 아무것'도 없었어요. 그날 밤 두 사람의 혈액 샘플을 얻을 수 있었는데, 둘 다 그날 마지막으로 병원에 있었거든요. 그들은 진술서에도 마지막으로 메스[9]를 한 게 이 주에서 삼 주 전이라고 썼습니다. (낙담해서) 그건 재판에서도 아주 잘 입증되었어요…. 정말, 사람들이 봤으면 합니다. 매키니가 구치소에서 자기가 호모를 죽였다고 모든 사람들에게 떠벌리고 다니는 걸요…. 자기 스스로는 영웅인 거죠. 정말, 선고를 받은 날, 웃고 있었어요. 그러니까 그자가 방금 전 가족에게 자신이 한 일을 너무나 죄송스럽게 느낀다고 말하고는, 구치소로 가서 다른 죄수들에게는 웃었다고요. 그래서… 매키니가 뭐를 하려고 하는 건지, 헨더슨이 뭘 할 건지 관심 없어요. 진짜로 관심 없습니다. 경찰에 몸담은 지 이십칠 년이 되어 갑니다…. 이 말을 얼마나 많이 했는지 모르겠어요. 사람들을 이해시키려고 뭘 해야만 하는 건지 모르겠어요.

캐서린 코널리 래러미에 사는 우리는 우리의 역사 그리고 그 역사에서 우리가 어디에 위치하는지를 이해해야만 합니다.

서술자 캐서린 코널리입니다.

캐서린 코널리 우리에게 그 일은 중요합니다. 그리고 우린 할 겁니다. 우린 **반드시** 해야만 합니다.

서술자 스티븐 벨버입니다.

스티븐 벨버 러셀의 할머니를 만난 후, 그분의 조언을 받아들여 인터뷰를 위해 방문해도 되는지 러셀에게 편지를 보냈다. 삼 주 동안 아무것도 듣지 못했다. 그런데 오늘 다음과 같은 편지를 받았다.

러셀 헨더슨 벨버 씨, 당신의 편지를 받았습니다. 나와 이야기하고 싶다는 당신의 제안을 고려해 보았고 그렇게 하기로 결정했습니다.
아시다시피, 나는 사람들하고 이야기하는 게 꺼려집니다. 그러나 내가 말한 무언가가 다른 사람들이 이해할 수 있도록 돕거나, 또는 어쩌면 그 사람들이 나와 같은 실수를 하지 않도록 돕게 된다면, 그렇다면 그럴 만한 가치가 있다고 생각합니다.
내가 말재주가 없다는 건 인정해야겠지요. 그래서 얼마나 도울 수 있을지는 모르겠지만 당신한테 솔직할 거라는 건 말해 두겠습니다.
연극을 읽거나 보진 않았지만, 어쩌면 이 새로운 부분을 다 쓰고 나면 나한테도 한 부 보내 준다면 좋겠습니다.
존경을 담아, 러셀.

제2막

순간: 러셀 헨더슨

연기 시 주의할 점: 러셀을 연기할 때 음울한 느낌을 주지 않도록 주의해야 합니다. 이 장면은 쾌활하게 연기해야 합니다.

서술자 러셀 헨더슨은 래러미에서 두 가해자 중 먼저 재판을 받았습니다. 살인과 유괴로 유죄 판결을 받았고, 이중종신형으로 복역하고 있습니다.

스티븐 벨버 교도소 방문자 출입 담당이 몸수색을 하고, 소지품을 맡아서 넣어 두고는 손에 도장을 찍어 주었습니다. 그런 다음, 제 앞으로 다른 문이 열리기 전에 뒤쪽 문을 잠그는 바깥 통로를 통해서 현관으로 안내되었습니다. 면회실로 들어가자 낮은 칸막이가 쳐진 테이블에 앉아 있는 러셀이 보였습니다. 반항하는 태도도 없고, 센 척하고 있지도 않았습니다. 그저 초록색 죄수복을 입고 머리가 벗겨진 서른 살 남자였습니다.

러셀 헨더슨 그날 전까지 삼 개월 동안 나랑 에런은 지붕 수리 회사에서 일했어요. 같이 엄청 놀았죠. 그때 코노코 주유소 일이랑 지붕 수리하는 일을 같이 하고 있었거든요.

스티븐 벨버 약을 해 보신 적이 있나요?

러셀 헨더슨 별로요. 약에 절었던 적은 한 번도 없었어요.

스티븐 벨버 매슈와 있었던 그날 밤에 대해서 사람들이 계속 이야기하는 것 중 하나는 두 사람이 이 주간 약에 심하게 취해 있던 끝자락이었다는 겁니다.

러셀 헨더슨 **난** 아니었습니다. 아주 조금이라도 약 같은 걸 마지막으로 한 게 내 생일이었는데, 그건 이 주 전이었어요. 그리고 아주 약간만 했어요. 에런은 어땠는지 모르겠어요.

스티븐 벨버 그리고 전에도 강도 행위를 한 적이 있었나요?

러셀 헨더슨 한 번도요. 내 말은, 난 중요한 게 뭔지를 배우면서 자랐습니다, 더구나 제가 배운 걸 진짜로 **믿습니다**. 난 중요한 가치를 **믿고**, 사람들을 다치게 하면 안 된다고 배웠고 그게 맞다고 봅니다.

스티븐 벨버 그럼 그날 밤 왜 에런과 같이 어울렸나요?

러셀 헨더슨 처음에 난 에런더러 하고 싶지 않다고 했어요. 계속 싫다고 그랬죠. 그렇지만 에런은 계속 그러자고 했고, 그래서 결국은 그냥, 그냥 따라갔어요.

스티븐 벨버 왜요?

러셀 헨더슨 내가 좀 더 따라다니는 쪽인가 보죠. 그리고 에런은 앞장서는 쪽이고. 그래서 그냥 따라갔어요.

스티븐 벨버 그렇군요. 그렇지만 매슈에게 범행을 저지를 때, 왜 울타리로 데려갔나요? 그러니까 지갑은 이미 트럭에서 뺏었잖아요, 아닌가요?

러셀 헨더슨 우린 그냥 뺏은 다음에 거기 두고 오려고 했어요. 그래서 거기서 꼼짝 못한 채로 있게 하려고요.

스티븐 벨버 울타리로 갔을 때 일어난 일을 말해 줄 수 있습니까?

러셀 헨더슨 에런이 개를 울타리에 묶으라고 말했어요. 그렇지만 사실 내가 묶은 건 아니에요. 그냥 손에다 밧줄을 감아만 뒀어요. 왜냐하면, 음, 내 생각은… 걔가 갈 수 있게 하고 싶었어요.

스티븐 벨버 그래서 에런이 구타를 시작해서 계속 때릴 때…?

러셀 헨더슨 그냥 관뒀으면 했어요. 숨고 싶었죠. 없던 일로 했으면 하고요. 그래서 항상 하던 것처럼 숨었죠. 도망가려고요. 좀 더 강하게 굴지 못하고…. 아무 일도 안 일어난 것처럼 말이죠. 에런을 멈추게 할 수 있을 것 같지 않았어요. 그래서 트럭으로 돌아간 거예요.

스티븐 벨버 음, 제가 계속 들어 온 얘기 중 하나는, 에런이 매슈를 구타

하는 걸 당신이 멈추게 하려 했다는 겁니다.

러셀 헨더슨 (끄덕이며) 그만두게 하려 했지만 충분히 그러진 못했다고 말해 두죠. 무슨 말인지 알겠어요? 난 하지 못했고… 그냥 그건, 네, 수치스럽죠. 더 그러지 않았던 게요.

스티븐 벨버 다르게 행동했더라면 하고 바라는 게 있나요?

러셀 헨더슨 걔를 그만두게 말렸더라면 하는 거죠. 처음에 따라간 것부터 잘못된 선택을 한 겁니다. 걔를 묶은 게 잘못된 선택이었고 도와주지 않은 게 잘못된 선택이었어요. 거기에 대해 많이 생각합니다. 내가 했던 하나하나의 모든 일에 대해서, 그리고 그저 내가 했던 일을… 바꿀 수 있었더라면, 하고 바랍니다.

스티븐 벨버 당신이 피해자 공감 강좌를 들었다고 할머니께서 말씀해 주셨습니다.

러셀 헨더슨 네. 그리고 그 강좌에서 시킨 일이 자신의 피해자에게 실제로 편지를 써 보도록 하는 거였어요. 그걸 했죠. 매슈의 가족을 택했습니다. 왜냐하면 제 피해자는 매슈지만, 그의 가족이기도 하니까요. 그리고 일생 중에서 **내가** 피해자였던 시기에 대해 쓰는 시간도 있었죠.

스티븐 벨버 **당신이** 피해자였을 때에 관해 뭐라고 쓰셨나요?

러셀 헨더슨 엄마가 죽었을 때요. 그건, 당연히, 다른 상황이었지만, 그리고 전혀 다른 관심을 받았지만, 그렇지만, 우리 다 가족을 잃었고, 폭력적인 범죄에….

스티븐 벨버 어머니가 어떻게 돌아가셨는지 좀 더 말해 줄 수 있나요?

러셀 헨더슨 엄마는 래러미에서 돌아가셨어요. 강간당했는데, 그놈이 엄마를 그냥 길가에 버려 두고 갔어요. 엄마는 마을로 돌아오려고 애쓰다가, 동사하셨어요…. 그걸 쓰는 게 정말… 도움이 되었죠. 내가 맷과 맷의 부모님 그리고 가족들에게 준 고통을 이해할 수 있게 됐어요.

스티븐 벨버 그게 주디 셰퍼드 씨에게 보내려고 하셨던 편지인가요?

러셀 헨더슨 그게… 제가 그분께 쓸 편지를 준비시켜 줬어요.

스티븐 벨버 그리고 그분한테서 답장 같은 걸 받으신 적 있나요?

러셀 헨더슨 읽었는지조차도 모르는걸요.

스티븐 벨버 감형을 받고 싶어서 이제 와서 미안하다고 말하는 것뿐이라고 얘기하는 사람들에게 뭐라고 하시겠어요?

러셀 헨더슨 모르겠어요. 그건 정말 내가 어쩔 수 없는 일이거든요. 오랜 시간 동안 계속 생각해 온 건, 그리고 정말 유감인 건 온 세계가 날 미워한다는 겁니다. 그렇지만 지금 당신한테 내가 하고 싶은 말은 맷의 가족들에게 내가 한 일에 대해 죄송하다고 말하고 싶다는 것뿐입니다. 그게 바로 내가 하고 싶은 말이에요.
여전히 내가 저지른 일, 내가 하지 않았던 일에 대해 괴로워하고 있고 남은 평생 동안 그것으로 씨름할 겁니다. 아직도 밤중에 깨면, 이해를 해 보려고 애씁니다. 내가 왜 그랬는지를요.

스티븐 벨버 미래에 대해 생각하면, 그게, 그러니까, 희망을 가지시나요?

러셀 헨더슨 **희망**이요?

스티븐 벨버 네.

러셀 헨더슨 뭐를요?

스티븐 벨버 모르겠네요. 출감?

러셀 헨더슨 아니요. 나갈 수 있다는 희망은 갖고 있지 않아요. 거의 없죠. 그냥 받아들이려 애씁니다.

스티븐 벨버 어쨌든 신앙이 있으시죠?

러셀 헨더슨 난, 난 모르몬교도로 컸어요. 그리고 할머니는 여전히 믿으시고, 교회 일에도 정말 열심히시고요. 그렇지만 이 모든 일이 일어나고 나서 난 파문당했어요. 그래서 그걸 받아들이는 게 좀 힘듭니다.

스티븐 벨버 어쩌다 잘못된 건가요, 러셀?

러셀 헨더슨 할 수 있는 유일한 설명이라면, 난 어렸고 강했으니까 세상이 던지는 일은 뭐든 다 감당할 수 있을 거라고 생각했어요. 이 일이 일어났을 때 전혀 그렇지 못하다는 걸 깨달았어요. 난 약했고 겁에 질려 있었고, 한 거라곤 그저 숨는 것뿐이었어요. 매일 마음속에서 할 수 있었던 걸 해 보거나, 해야만 했던 걸 해 보지만, 아무것도 하지 않았으니까 아무 상관도 없는 겁니다.

스티븐 벨버 요즘 에런과는 어떻게 지내나요?

러셀 헨더슨 친하죠. 네, 이 일로 평생 서로한테 붙어 있는 거니까요. 그래서… 에런은 자기 친구들이 있고, 나도 내 친구들이 있지만 우린 매일 서로 봐요. 우린 친해요…. 말하자면, 걔는 뭔가 달라요. 걔는 사람들이 듣고 싶어 하는 그런 사람이에요.

순간: 제도적 변화

캐서린 코널리 이런 일이 절대 다시 일어나선 안 된다는 분명한 희망과 바람이 있지만 증오범죄 통계를 보다 보면요, 이 나라에서 동성애자를 향한 폭력은 계속 증가합니다. 줄어들지 않아요.

그리고 여전히 그러한 종류의 증오범죄에 대한 입법화가 주 차원에서 이루어지지 않고 있습니다. 아니 국가 차원에서도요.

순진한 생각을 하는 건 아닙니다. 어떤 사회운동을 하건 여전히 인종차별주의, 성차별주의가 있을 거라는 걸 분명히 알고 있어요. 그런 건 사라지지 않습니다.

해야만 하는 일들이 너무나 많아요. 그래서 제가 와이오밍 의회 의원직에 출마를 하는 겁니다.

스티븐 벨버 2008년 11월 4일, 캐서린 코널리는 의원직에 선출되어 와이오밍 입법기관에서 첫번째로 커밍아웃한 동성애자 의원이 되었습니다.

순간: 지연의 언어

스티븐 벨버 육 개월 후, 우리는 좀 더 많은 인터뷰를 하기 위해 래러미로 돌아갔습니다. 마침내 와이오밍마저도 불황에 빠졌습니다. 우리가 거기 있었던 주간에, 대학은 주지사의 요청으로 예산에서 천팔백만 달러를 삭감해야만 한다고 발표했습니다. 『래러미 부메랑』의 첫 페이지에 마흔 다섯 명이 대학에서 일자리를 잃었다고 실렸습니다.

며칠 후, 동반자 보호 혜택이 마침내 투표에 부쳐졌습니다.

와이오밍 대학교의 공식 발표에서,

서술자 와이오밍 대학교의 몇 년째 동반자 보호 혜택 입안을 고려해 오고 있습니다. 오늘, 특별 비공개 회의에서 이사회는 동반자 보호 혜택을 위한 재원財源을 인가했습니다.

(방백으로) 인가받은 계획에 따라, 다른 대학의 사례를 따라, 와이오밍 대학교 직원의 남성과 여성 동거인을 위해, 제공될 의료보험에 해당하는 만큼의 쿠폰을 발행하는 프로그램을 만들려 합니다.

재키 새먼 야호! 와이오밍 초원 한가운데에서조차 변화가 일어났습니다!

서술자 재키 새먼입니다.

재키새먼 단지 십 년밖에 안 걸렸어요! '어쨌든 통과됐어요!'

베스 로프레다 좋은 소식입니다.

서술자 베스 로프레다입니다.

베스 로프레다 투표는 육 대 오였고, 그래서 통과되었다는 결과가 나왔을 때 운이 좋다고 느꼈습니다. **그렇지만**… 계획에는 이런 지연의 언어가 들어 있었습니다.

서술자 이사회는 투표에서, 이 계획은 와이오밍 총장 톰 뷰캐넌이 재정적으로 실현 가능하다고 결정할 때만 실행한다고 지시했습니다. 와이오밍 대학교는 최근 전면적인 예산 감축을 발표했습니다.

베스 로프레다 그 지연의 언어가 그냥 절 미치게 만들었어요. 우리가 조금만 더 기다려 준다면 아무도 다치지 않고 아무도 부담 질 필요가 없다는 말이잖아요. 모든 혜택과 권리를 즐길 수 있는, 힘을 가진 사람들이 다른 사람들을 부정하는 눈부신 거짓말이죠.

순간: 연방 결혼보호법[10]

서술자 리 폰다카우스키입니다.

리 폰다카우스키 캐서린 코널리가 하원 의원직 임기를 시작한 지 몇 달 후, 어떻게 되어 가는지 물어보려고 다시 만났다.

캐서린 코널리 음, 하원에서 초선 수련을 거쳤으니까, 전 초선 의원이네요. 그리고 제 첫번째 의제 중 하나는 원내에 발의된 결혼보호법, 주 헌법에 대한 개헌입니다. 요즘 일어나는 **그 일**과 같습니다. 캘리포니아 8호 법령[11]처럼요. 우리 법안은 17조 결의안이라고 불렀습니다. 와이오밍에서 결혼은 오로지 남성과 여성 사이에서만 가능한 것으로 정의한 법령이죠.

법안은 국회에서 의결 토론에 붙여지기 전에 청문회를 거쳐 위원회를 통과해야만 합니다. 저는 그 위원회에서 반대 증언을 했습니다. 그 위원회에서 커밍아웃을 했습니다. 아들의 출생증명서를 가져갔죠. 내 아들의 출생증명서에는 뉴욕 주가 인정한 바에 따라 두 명의 여성이 적혀 있습니다. 그리고 난 말했습니다. (자기 아들의 출생증명서를 들고 있다.) '보십시오, 우리는 가족으로 인정받아 왔습니다. 그리고 우리는 여기로 와서 아들을 키웠고 그리고 와이오밍은 이 일로 찢겨지지 않았습니다.'

그렇지만 결의안은 위원회를 통과할 만큼 충분한 지지를 얻었기 때문에 국회장으로 갔습니다.

서기 양원 합동 결의안 17조. 와이오밍 주에서는 남성과 여성 사이의 결혼만이 유효한 결혼이며 이러한 결합만이 유일하게 인정받을 수 있는 법적 결합임을 명시하도록 와이오밍 헌법 수정을 제청하는 합동 결의안.

캐서린 코널리 법안은 공화당원 오언 피터슨이 제출했습니다. 그래서 그가 먼저 말했죠.

피터슨 의장님, 남성과 여성 사이의 결혼 제도가 왜 사회에 이득인지를 알 수 있는 많은 이유가 있습니다. 결혼한 두 명의 생물학적 부모가 키운 아이들이 더욱 성공적이고 학교에서도 더욱 말을 잘 들으며, 좀 더 출석률이 높고 대학을 졸업하는 경우가 많으며, 가난하게 살거나 술이나 약물을 하거나 범죄를 범하거나 육체적으로 학대받는 경우가 덜하다는 삼십 년이 넘는 연구가 있습니다.

남자와 여자가 결혼을 하기 때문에 사회에 모든 게 다 엄청 좋을 것이라고는 여기 서서 말할 수 없습니다. 그런 이야기가 아닙니다. 그러나 이 조사는 그런 가정의 어린이들이야말로 어머니와 아버지가 해 주는 칭찬을 매일 들을 수 있다는 걸 보여 줍니다. 그게 결정적으로 중요한 영향을 가진다는 걸 보여 줍니다. 그리고 세 명의 아이와 일곱 명의 손자를 키운 저로서는, 바로 그게 맞는 방법이라는 걸 알고 있습니다.

캐서린 코널리 그리고 아마 십 분 정도를 그렇게 계속한 것 같아요…. 그리고 와이오밍 의회는 책상을 나눠 쓰는 짝이 있어요. 나와 책상을 같이 쓰는 짝이, 결국은 내 쪽으로 몸을 숙이고 이렇게 말했습니다.

짝 이걸 들을 필요 없어요. 정말 안 들어도 돼요.

캐서린 코널리 그리고 난 그냥 일어나서 걸어 나갔는데, 말도 안 되게 보수적인 어떤 동료 의원이, 그 옆을 지나가는데 나한테 이렇게 말하는 거예요.

보수적인 동료 의원 (주의할 점: 아주 상냥하게 말해야 합니다.) 미안합니다. 이건 곧 끝날 거요.

캐서린 코널리 그래서 다시 자리로 돌아왔습니다.

피터슨 의장님, 문명이 시작된 이래, 우리가 아는 모든 사회에서는, 그리고 정부에서는 남성과 여성 사이의 결혼만을 인정해 왔습니다. 왜냐하면 그 제도가 다음 세대를 뛰어난 시민으로 만들어 주고 두 성별을 더욱 강력하고 더욱 완전한 하나로 결합해 주는 유일한 수단이기 때문입니다.
저는 이 한 몸을 바쳐서 더욱 앞으로 나아가 이 결의안을 통과시키려 노력할 것입니다. 이제 연단을 떠나 다른 의원의 의견을 듣겠습니다.

캐서린 코널리 그렇게 된 거였어요. 폐지하려면 스물한 표가 필요했습니다. 민주당원인 우리는 열아홉 표뿐이었고 그들 중 서너 명은 자신의 지역구 때문에 폐지를 원하지 않았습니다. 그러니까, 우린 질 거예요. 우린 지는 거죠. 그다음 또 다른 보수당원인, 칠더스 의장이 말했습니다.

칠더스 신사 숙녀 여러분, 저 또한 결혼한 지 사십육 년이 됩니다. 세 명의 사랑스러운 아이들이 있고 그 아이들이 매우 자랑스럽습니다. 둘은 아들인데, 두 명의 손녀가 있고 하나가 곧 태어날 겁니다. 셋째인 딸은 몬태나에 살고 있습니다. (포즈) 그 아이는 동성애자입니다. 그 아이는 사랑하는 사람과 같이 살고 있습니다. 둘은 결혼을 못했는데 왜냐하면 몬태나 주의 법이 허락하지 않기 때문입니다. 그렇지만 여러분, 제가 목숨을 걸고 말하건대 그 아이가 끔찍한 인간이거나 뭔가 모자라는 사람이라서, 그들의 권리가 제한되어야만 한다고 말할 수 있는 사람은 이 나라에서 한 사람도 없을 겁니다. 그 아이는 사랑하는 사람과 함께 평온하게 살고 있습니다. 대부분의 사람들은 걔가 동성애자라는 걸 전혀 알지도 못할 겁니다. 솔직하게 말씀드리면 그 애가 대학을 졸업하기 전에는 제 아내와 저도 알지 못했습니다. 일학년, 바로 첫 학기에, 상담 선생이 그 애가 집으로 돌아가는 게 좋겠다고 저희한테 말해 주었습니다. 왜? 음, 전혀 알 수가 없었습니다. 그런데 상담 선생이 그 애에게 일어났던 어떤 일로 너무 걱정하고 있어서 딸은 집으로 돌아왔습니다. 그리고 솔직히 저는 딸애가 자살할지도 모르는 가능성이 있었다고 생각합니다. 딸은 그때 이후로 아주 안정적인 사람으로 자랐고 열심히 살고 있으며 사회를 아주 이롭게 하는 일을 하고 있습니다. 물리치료사 협회의 의료 부서에서 대표로 일하고 있지요. 온 나라를 돌아다니면서요. 똑똑하냐고요? 그럼요, 정말 똑똑하죠. 좋은 사람이고요. 하지만 만약 여기 살았더라면, 헌법을 수정하고자 하는 우리 때문에 그 애는 자신의 시민권을 부정당했을 겁니다. 다 아시겠지만 전 남부에서 자랐습니다. 제가 자랐던 마을은 흑백이 나뉘어져 살았습니다…. 이제 보수적인 백인 마을의 동성애자에 대해 한번 생각해 봅시다. 텍사스 동북부 지역이면 보수적인 백인 마을이라고 할 수 있겠네요. 그리고 그곳에 있는 게이와 레즈비언 공동체에 대한 편견은, 제가 장담하지요. 그리고 그들 눈에 가득 찬 증오나 동성애자들의 눈에 가득 찬 공포 또한 거기 있습니다

다. 우리가 이 주에서 원하는 것이 그런 사회인 겁니까? 우린 게이와 레즈비언 들의 권리를 거부하고 싶은 겁니까? 전 아니라고 생각합니다. 신사 숙녀 여러분 이 법안은 잘못되었습니다. 그리고 전 여러분이 반대표를 던지시기를 제안합니다.

캐서린 코널리 믿을 수 없을 만큼 감동적이었어요. 그렇지만 그쯤에서 우린 이 일이 어디로 갈지 대략 보고 있었어요. 그래서 이건 통과될 거라고요. 우리 중 열에서 열다섯 명 정도는 결정을 못하고 있었어요. 그런 다음 마지막 공화당원이 일어났어요. 와이오밍 정치권에선 엄청나게 영향력이 있어서 어쩌면 다음 선거에서 주지사로 출마할지도 모르는 사람이었죠, 그 사람이 일어나선 말했습니다.

공화당원 우리는 매슈 셰퍼드와 「브로크백 마운틴Brokeback Mountain」12을 가진 주입니다. 또한 우리는 미국의 첫 여성 치안판사인 에스터 호바트 모리스와 미국에서 주지사로 복무했던 첫 여성인 넬리 테일로 로스가 있었던 주이기도 합니다. 만약 우리가 이 결의안 17조를 여기서 몰아낸다면, 우리 주는 아주 대놓고 솔기가 뜯어질 것입니다. 이 법안은 가족을 갈라놓고, 교회를 갈라놓고, 이웃을 갈라놓고, 친구를 갈라놓고, 그리고 수십 년간 이 주에서는 보지도 못했던 커다란 정치적 혼란을 불러일으킬 겁니다. 저는 여러분이 이 법안에 반대표를 던져 주시기를 촉구합니다.

코히 우린 이 주제에 대해 들었고 이젠 투표할 때라고 생각합니다. 의장님, 투표를 제안합니다.

캐서린 코널리 그래서 투표가 시작되었습니다.

서기 투표가 제안되었습니다, 수석 서기가 이름을 부르겠습니다. 피터슨.

피터슨 찬성.

서기 바부토.

바부토 반대.
서기 브레흐텔.
브레흐텔 찬성.
서기 브라운.
브라운 반대.
서기 블레이크.
블레이크 반대.
서기 뷰캐넌.
뷰캐넌 찬성.
서기 캐나디.
캐나디 찬성.
서기 칠더스.
칠더스 반대.
서기 코널리.
코널리 반대.
서기 데이비드슨.
데이비드슨 찬성.
서기 (소리를 낮추어 계속한다.) 에드먼즈.
에드먼즈 찬성.
서기 핼리넌.
핼리넌 찬성.
서기 하시먼.
하시먼 찬성.
서기 하비.
하비 찬성.
서기 헤일스.
헤일스 반대.

서기 해먼즈.

해먼즈 반대.

서기 록하트.

록하트 찬성.

서기 매든.

매든 찬성.

서기 피슬리.

피슬리 찬성.

서기 셈렉.

셈렉 찬성.

캐서린 코널리 그래서 우리는 매슈 셰퍼드와 「브로크백 마운틴」의 주이고, 십 년이 지나가는데도 사람들은 분노하는 겁니다. 자신들이 '그 동성애자 애가 살해당한' 곳에서 왔다는 데 분노하는 겁니다.

서기 (다시 본래의 음량으로 돌아와서) 수어드.

수어드 반대.

서기 심프슨.

심프슨 찬성.

서기 스텁슨.

스텁슨 찬성.

서기 윌리스.

윌리스 반대.

서기 투표를 종결합니다. 집계하겠습니다.

캐서린 코널리 그러나 결국엔, 결의안 17조, 우리의 결혼보호법은 통과되지 않았습니다. 삼십오 대 이십오로 실패했습니다. 실패한 겁니다. 그리고 공화당원이 그런 겁니다. 공화당원이 실패하도록 한 겁니다.

순간: 변화를 측정하기 2

서술자 앤디 패리스입니다.

앤디 패리스 매슈 셰퍼드 사건에서 담당 주임형사였던 래러미 경찰서의 데이브 오맬리와 다시 이야기할 기회가 있었습니다.

데이브 오맬리 변화에 대해 이야기하자고요? 아시겠지만, 솔직하게 말하자면, 이 모든 일이 일어나기 전에, 저는 어떻게 믿었냐 하면, 꽤 동성애 혐오였어요. 자식들한테 '사랑한다'고 말하는 것보다 더 자주 '호모'라는 말이 혀에서 굴러 나왔지요. 그런데 맷한테 그런 일이 있고 나서, 동성애자 공동체와 교류해야 할 상황에 던져졌습니다. 그리고 그 애들은 마을에서 달아나고 있었습니다. 제가 증오범죄가 뭔지를 깨닫기 시작한 게 바로 그때였습니다. 제 말은, 주류 가게에서 일어난 강도사건으로 사람들은 맨날 죽어요. 그렇지만 거기 가서 맥주 여섯 캔을 사는 걸 전혀 주저하진 않거든요. 그렇지만 이 애들은, 그리고 어른들마저 래러미를 떠나는 거예요. 그 공포를요, 그때 깨닫기 시작했어요, 그게… 그게 폭력행위라는 걸요. 왜 맷 같은 젊은이가 죽는 일이 생기고 나서야 나 같은 사람이 이런 무지함을 없애게 되는 건지는 모르겠어요, 바로 그렇잖아요.

그래서, 드브리와 전 증오범죄 방지 연방 법안을 지지하려고 주디 셰퍼드 씨와 함께 워싱턴을 일곱 번인가 여덟 번을 갔습니다. 그런데 지금 행정부가 세 번 바뀌었는데도, 여전히 입법화는 실현되지 않았습니다. 1998년엔 '증오범죄방지법'이라고 불렸습니다. 2007년에는 '매슈 셰퍼드와 제임스 버드 주니어 증오범죄 예방법'이라고 다시 이름 붙여졌습니다. 그리고 올해 막 이 법안이 국회로 갔을 때, 우리가 어떤 얘길 들었는지 아마 믿지 못할 겁니다.

(화면에, 국회의원 버지니아 폭스Virginia Foxx[13]의 비디오가 나온다.)

버지니아 폭스 (비디오에서) 증오범죄 법안은 '매슈 셰퍼드 법안'이라고 불립니다. 한 젊은이가 죽음에 이른 아주 불행한 사건에서 따온 이름이지요. 그렇지만 우리는 그 젊은이가 강도사건으로 죽었다는 걸 알고 있습니다. 동성애자라서 그런 것이 아니었습니다. 이 법안은 그의 이름을 따서 지어졌습니다. 증오범죄 법안이 그를 기리기 위해 이름 붙여진 것입니다. 그렇지만 그건, 그건 정말 거짓말입니다.

데이브 오맬리 그날 주디 셰퍼드가 국회 방청석에 있었습니다. 그리고 거기 앉아서 그걸 들어야만 했습니다.

순간: 회한

서술자 그레그 퍼라티입니다.

그레그 퍼라티 에런 매키니는 버지니아의 주립 교도소에 수감되어 있다. 만나 줄 수 있는지 물어보려고 에런에게 편지를 보냈다. 한 번도 답장을 받지 못했기 때문에 로저 신부님께 다시 전화로 도움을 부탁드렸다.

로저 슈미트 신부 음, 나도 편지를 보내 보죠. 그리고, 그레그, 에런에게 회한에 대해 물어봐요. 커다란 의미가 생겨 버릴 정도로 너무 엄청난 일을 저지르게 되면, 우린 살아가는 내내 우리의 회한을 고쳐 나가게 됩니다. 가끔 그 회한이 너무 차오르면 한쪽 방향으로 벌어지게 되지요. 그러면 다른 쪽으로 구부러지게 되고, 그러고 나서야 그러길 바라지만, 죽을 때가 되면, 올바른 관점을 갖게 됩니다. 에런은 회한이란 경험을 완수하지 못했다고 봅니다. 그리고 회한이란 건 우리 **모두**가 다 생각해 봐야만 하는 거죠. 그러니 그걸 물어봐요. 그리고, 그레그, 공평하게 대해 주세요.

그레그 퍼라티 신부님, 어떻게 대해야 에런 매키니를 공평하게 대하는 걸까요?

로저 슈미트 신부 (놀라서) 그를 알게 되는 거지요, 그레그. 에런 매키니가 된다는 게 뭔지를 에런이 당신한테 가르쳐 주도록 해 줘요, 알겠죠? 자, 오늘 편지를 써서 당신 얘기를 할게요.

순간: 에런 매키니

연기 시 주의할 점: 절대 에런을 사악하거나 음울한 인물로 연기하지 말아 주세요. 에런은 '보통 남자'이고, 그가 말하는 내용과 무미건조한 태도 사이의 긴장은 오싹할 겁니다.

서술자 에런은 로저 신부님 편지에 전혀 답하지 않았습니다. 그렇지만 그레그는 어쨌든 에런을 방문 요청했고, 교도소는 승인했습니다. 그는 곧장 항공편을 예약했습니다. 서류 작업과 질의서, 금속 탐지기, 몸수색을 전부 거쳤습니다. 감옥으로 향하면서도, 여전히 자신을 만나 줄지 그레그는 알 수 없었습니다. 그렇지만 면회실의 마지막 입구를 통과하자, 맨 첫번째 자리에 그가 있었습니다. 아주 환한 초록색 눈에 팔에는 문신이 아주 많았습니다. 오른팔 아래쪽 문신은 이렇게 씌어 있었습니다. '아무도 믿지 마.'

에런 매키니 이걸로 끝.[14] 다시 칸막이를 넘으면 안 됩니다.

그레그 퍼라티 아, 네. 만나 주셔서 정말 고맙습니다, 에런.

에런 매키니 당신 편지는 버렸어요. 기자라고 생각했거든. 그리고 절대 당신하고 말하지 않으려고 했죠. 씨발, 기자 싫어하거든요. 그런데 로저 신부님한테 편지를 받았는데 당신들이 자기 친구라고 해서 생각했죠. 그래, 음, 만나 봐야겠군. 로저 신부님은 좋은 사람이고 가족이나 매한가지니까.

그레그 퍼라티 네, 전 로저 신부님 정말 좋아합니다.

에런 매키니 네. 신부님이 크게 웃으시고 얼굴로 바람이 확 불고, 그게 내가 상상하는 로저 신부님이에요.

그레그 퍼라티 문신 근사한데요.

에런 매키니 네, 고마워요. 여기 정말 끝내주게 할 줄 아는 자들이 둘 있거든요. 직접 만든 잉크에 기타 줄을 건전지에 걸어서요. 그렇지만 허용 안 해 줘요. 그래서 간수가 오는지 보초를 서 주고, 올 때마다 멈추면서 하죠. 그래서 평생 걸려요. 완전히 셔츠처럼 되도록 하고 있거든요.

그레그 퍼라티 와, 멋진데요. 그래서, 어, 우리가 희곡을 썼는데 거기에 당신도 나오는 건 알고 계시죠?

에런 매키니 네, 들었죠. 들었는데, 한 번도 본 적은 없어요. 거기서 내가 뭔 말을 하는지는 모르죠.

그레그 퍼라티 음, 당신이 한 말이요. 롭 드브리 형사가 당신을 신문했을 때 실제로 한 말을 썼어요. 우리가 아는 당신 말은 그게 전부라서요. 재판 기록에 있는 거요.

에런 매키니 (눈에 띄게 진짜로 놀라면서) 재판 기록?

그레그 퍼라티 사람들을 인터뷰했을 때 당신하고는 직접 이야기할 수 없었거든요.

에런 매키니 그렇죠.

그레그 퍼라티 그리고 이제 십 년이 지나서 그 인물들을 다시 확인해 보고 있습니다. 그래서 제가 여기 온 겁니다.

에런 매키니 그래요.

그레그 퍼라티 그래서 이 모든 시간 동안 교도소에 있다는 건 당신에게 어떤 일인가요?

에런 매키니 여긴 진짜 안 좋아요. 얼어 죽겠어요. (자신의 얇은 초록색 죄수복을 가리킨다.) 이거랑 진짜 얇은 담요가 전부예요. 스웨터도 아무것도 없어요. 밖에서도, 그리고 겨울에도 그래요. 씨발 얼어 죽을 거요. 그리고 여긴 하루 한 시간 빼고는 방에만 있게 해요.

그레그 퍼라티 그러면 방에서 하루 스물세 시간 동안 뭘 하나요?

에런 매키니 별거 없어요. 운동하고, 자고, 텔레비전 보고. 읽는 건 별로 안 해요. 몇 권 읽었죠. 『아이스맨Ice Man』 읽었는데, 읽어 봤어요?

그레그 퍼라티 아니요.

에런 매키니 되게 좋은데. 조직에서 일하는 청부살인자에 대한 건데요. 그런 다음에 나치에 대한 책도 두 권 읽었어요. 아주 배울 게 많아요. 좀 관심이 있거든요.

그레그 퍼라티 그렇군요. 전에 있었던 다른 곳은 어땠나요?

에런 매키니 음, 나랑 러셀을 한 다섯 번 이감시켰거든요. 우린 항상 같이 있습니다.

와이오밍은 쓰레기였고, 네바다는 좀 겁났죠. 갱이 많았거든요. 텍사스로 두 번 옮겨졌고요. 텍사스는 꿈같은 곳이죠. 와, 꽤 자유롭거든요. 텍사스로 다시 이감될 수 있으면 하고 바라고 있습니다.

그레그 퍼라티 그럴 만한 기회가 있나요?

에런 매키니 모르죠.

그레그 퍼라티 그리고 변호사들이 교도소에서 두 분이 같이 나올 수 있다고 보던가요?

에런 매키니 이봐요, 난 여기서 절대 못 나가요. 장난해요? 난 말하자면 증오범죄 살인자들이 벽에 붙여 놓는 입양아나 마찬가지라고 요. 씨발, 몇 년째 동성애자한테 뭔 일이라도 생기면, 거기에다 가 내 사진을 던져 놓는다고요. 난 절대 못 나가요. 그리고 스스로 마음을 접어야지 안 그러면 미쳐요. 그냥 나 자신을 즐기려고 노력을 해야 합니다. 러셀은 어쩌면 나갈 수도 있겠죠. 씨발, 나가야 해요. 그놈은 여기에 어울리지 않아요.

그레그 퍼라티 여기서 자주 보나요?

에런 매키니 매일. 좋은 친굽니다. 난 러셀을 위해선 목숨도 바칠 수 있어요. 걔는 아무 짓도 안 했어요. 내가 걔한테 그랬어요, 여기서 널 나가게 해 줄 수 있다면 뭔 짓이라도 하겠다고.

그레그 퍼라티 그러니까 그날 밤 그는 아무것도 하지 않았군요?

에런 매키니 아무것도요.

그레그 퍼라티 그날 밤 무슨 일이 일어났는지 좀 더 말해 줄 수 있나요?

에런 매키니 음, 그 일이 다 잘 기억이 나지 않아요.

그레그 퍼라티 그럼 뭐가 기억나죠, 에런?

에런 매키니 걔를 털어 보려고 차에 태운 건 분명히 기억나요. 약을 팔 때라, 엄청 잘생긴 총을 막 구했거든요. 총열이 25센티미터짜리인데 거의 새것과 다름없는 스미스 앤드 웨슨의 357매그넘이요. 씨발 진짜 크고 아름다운 총인데. 그래서 우린 파이어사이드로 갔고 난 꼭 털어야겠다고 마음먹고 있었죠.

그레그 퍼라티 그래서 누군가 강탈할 대상을 찾고 있었나요?

에런 매키니 네.

그레그 퍼라티 그런데 왜 맷이었죠?

에런 매키니 어, 과하게 친절했거든요. 그리고 누가 봐도 동성애자고요. 그게 그 사람한테는 약점으로 작용을 한 거죠. 그 사람의 취약점. 그리고 옷을 잘 입고, 그냥 보기에도 돈이 있어 보였어요. 하이네켄을 마시고 있었던 것 같아요. 그래서, 태워 달라고 했을 때 딱 그랬죠. 야, 이거 쉽겠는데.

그레그 퍼라티 좋습니다. 그래서 강탈행위를 시작했군요. 그렇지만 동성애자였기 때문에 맷을 골랐고, 당신은 동성애자를 좋아하지 않는다고 여러 번 말했거든요.

에런 매키니 안 좋아하죠.

그레그 퍼라티 그렇다면 그 사람이 동성애자인 게 관련이 있는 것처럼 들리는데요.

에런 매키니 그럴 수도 있죠. 내가 그랬던 그 밤에, 난 동성애자들에 대한 증오를 분명 갖고 있었어요. 그게 조금은 작용했겠죠.

그레그 퍼라티 그럼 지금, 동성애자에 대한 당신의 증오가 작용했다고 말하고 있는 거군요.

에런 매키니 조금은 작용했겠죠, 네.

그레그 퍼라티 그렇지만 저한테는 조금보다는 더 많은 것처럼 보이는데요. 처음 롭 드브리 형사와 이야기했을 때, 마치 당신의 고환을 잡으려는 것처럼 그의 손이 미끄러져 들어와서 당신은 그를 때리기 시작했다고 말했습니다.

에런 매키니 내가 그랬어요?

그레그 퍼라티 당신 신문에서요.

에런 매키니 그럼 그랬을 수도 있겠네요. 그 신문이 거의 기억나지 않거든요. 그게 내가 한 말이라는 거죠?

그레그 퍼라티 분명히 당신이 말한 대로입니다.

에런 매키니 그럼 맞겠죠. 아까 말했지만, 거의 아무것도 기억이 안 나거든요.

그레그 퍼라티 기억나는 건 어떤 건가요? 트럭에 태워서….

에런 매키니 네, 그래서 우리가 트럭에 태우고 차를 몰았어요. 좌석 뒤에 총을 뒀거든요. 뒤로 뻗어서 총을 쥐고는 얼굴을 때리고, 알죠? '강도다!' 이런 식으로요. 총으로 그 자식 눈까지 찔렀어요.

강도 짓을 할 때는 무섭게 굴어야 하거든요. 그래야 내가 끝장을 볼 거라는 걸 믿거든요.

그레그 퍼라티 (할 말을 다소 잃는다.) 그리고 그게 그럼… 어, 그래서 당신한테 지갑을 주도록 만들었군요.

에런 매키니 네, 지갑을 내놓도록 했죠. 좀 으스스했던 거 하나는 확실히 기억나요. 전혀 겁을 안 내는 것처럼 보였어요. 그냥 나를 보고 있더라고요. 내가 트럭에서 팰 때조차도요. (자신의 주먹으로 이마 한가운데를 친다.) 그냥 계속 나를 가만히 보는 거예요.

그레그 퍼라티 그렇지만 꽤 겁나는 일을 하고 있었던 건 사실 당신이잖아요, 에런. 커다란 357매그넘으로 얼굴을 때렸잖아요. 그걸로 눈을 찌르고 그걸로 머리를 쳤어요. 매슈는 그냥 충격으로 그랬던 것 아닐까요?

에런 매키니 그렇게는 한 번도 생각을 안 해 봤네요. 네, 아마 그랬나 봅니다. 내가 하자는 대로 순순히 했거든요. 그렇지만 그것도 이상했어요. 울타리에 묶을 때도 정말로 겁내는 것처럼 안 보였어요.

그레그 퍼라티 그다음에 무슨 일이 일어났습니까?

에런 매키니 총열 쪽으로 야구 방망이처럼 총을 쥐고는 그걸로 그냥 개머리를 팼어요.

그레그 퍼라티 그렇군요.

에런 매키니 네. 그러고 나니까 진짜로 이상한 소리를 내더니 푹 쓰러지는 거예요. 왜 사람들이 그런 말 하잖아요. 영혼이 나갈 때 소리가 난다고.

그레그 퍼라티 그렇지만 그는 영혼을 포기하지 않았죠. 엿새를 더 잡고 있었어요.

에런 매키니 그래요.

그레그 퍼라티 그래요. 일 분만 더 앞으로 돌아갈게요. 그를 묶었다고 했죠?

에런 매키니 네, 울타리에요.

그레그 퍼라티 네, 러셀의 증언에 따르면 자신이 맷을 울타리에 묶었다고 하던데요.

에런 매키니 그래요?

그레그 퍼라티 네.

에런 매키니 (포즈) 음, 모르겠어요. 만약 러셀이 자기가 뭘 했다고 말했으면 한 거겠죠. 러셀은 틀린 말을 안 하거든요. 그렇지만 러셀이 묶은 건 기억을 못 하겠어요. 내가 묶었다고 알고 있었는데.

그레그 퍼라티 그래서 증오범죄라는 문제에 대해서는 어떤가요?

에런 매키니 동성애자들 안 좋아해요. 맞아요. 그렇지만 날 건드리지만 않으면, 그 사람들하고 아무 문제도 없어요. 여기도 그런 짓 하는 사람들 있거든요. 동성애자라고 그냥 막 덤벼드는 사람은 없어요. 성범죄자 빼고요. 그치들은 제일 밑바닥이죠. 여기서도 모두하고 다 문제를 일으키거든요.

그레그 퍼라티 네. 그렇다면, 하나만 물어볼게요. 그러니까 러셀은 법정 진술에서 유죄라고 답변할 때 자신이 잘못했고 그에 대한 죗값을 치르는 게 마땅하다고 말했어요. 그렇지만 당신 재판에서 당신은 별다른 진술을 하지 않았고, 그래서 궁금한 게….

에런 매키니 내가 회한이 드냐고요?

그레그 퍼라티 네, 네.

에런 매키니 내가 회한을 느끼는지 묻는 거죠? 네, 회한이 듭니다. 아빠는 똑바로 서서 남자답게 굴라고 가르쳤어요. 아빠가 가르친 대로 살지 않아서 정말 후회합니다. 아빠가 원했던 남자가 되지 못했다는 게 그렇습니다. 맷과 관련해서는, 난 아무런 회한도 들지 않습니다. 맷은 성범죄자였고 더 어린애들을 먹잇감 삼아서 섹스를 했다고 들었습니다. 그래서 그 말을 들었을 때 안도했어요. 그냥 나 자신을 정당화하려고 애쓰는 거라고 말하는 사람도 있을 겁니다. 어쩌면 그런 거겠죠. 내가 아는 한에서는, 그런 일을 하고 다녔던 놈이라면 맷 셰퍼드는 죽어 마땅합니다.

그레그 퍼라티 (포즈) 그래요. 매슈 셰퍼드에 대한 그런 소문이 진실이 아니라는 거 당신 알잖아요, 에런.

에런 매키니 내가 들은 건 그렇지 않던데요.

그레그 퍼라티 (포즈) 알겠어요. 그렇다면, 당신은 회한이 전혀 들지 않는군요.

에런 매키니 사실, 맷 아빠한테는 정말 미안하다고 느낍니다. 아들을 잃는 건 정말 힘든 일일 거예요.

그레그 퍼라티 그러면 어머니는요?

에런 매키니 어머니도요. 네, 미안하게 생각하죠. 그 엄마 여전히 입을 닥치지 않고 있어요, 십 년이나 됐다고요. 세상에.

그레그 퍼라티 음, 에런, 당신은 그분의 아들을 잔인하게 살해했어요.

에런 매키니 (인정하면서) 네, 압니다.

그레그 퍼라티 (포즈) 그리고 당신 스스로는요, 후회가 없나요. 어떤 식으로든 바꾸고 싶거나 그런 일이 없나요?

에런 매키니 없을 것 같아요? 다예요 다. 난 완전히 바보 같은 애였거든요. 진짜 멍청이. 아빠한테 거짓말 엄청 했죠. 그거 참 싫은데. (멍한 표정이 되면서) 씨발 너무 싫어요. 진짜 최고의 아빠였거든요. 내가 쳤던 그 모든 사고들, 약. 바꿀 수 있다면 바꾸고 싶죠. 고등학교를 가고. 졸업하고.

그레그 퍼라티 만약 로저 신부님이 여기 우리와 같이 계시면요. 그분의 눈을 들여다보고, 당신은 맷에게 아무런 회한도 느끼지 않는다고 솔직하게 말씀드릴 수 있나요?

에런 매키니 그래야만 하겠죠. 그렇게 말할 수밖에 없는 순간을 절대로 바라지는 않지만요. 로저 신부님이 나한테 어떤 분인지는 당신도 알 거예요. 그렇지만 신부님의 눈을 보면서 안 그럴… 진실을 말해야만 하니까요. 회한 들죠. 그렇지만 아까 말한 것처럼, 잘못된 모든 원인에 대해서요. 아빠한테. 여기서 끝나 버리는 거. 러셀을 여기 처박아 버린 거. (사이) 다시 돌아가서 그를 죽인 사람이 안 될 수만 있다면 난… 그렇지만 나한테는 여기가 더 나아요, 나 자신한테는요. 저기 바깥에서보다 여기 안에서 훨씬 잘 살고 있거든요. 여기서 진짜 명예가 뭔지를 아는 놈들을 만났거든요. 저 밖에선, 오 달러치 마약을 갖고도 등에 칼을 꽂아요. 또, 난 범죄자예요. 그러니까 범죄자들하고 같이 있어야죠. 항상 그런 쪽으로 끌렸어요. 씨발, 여덟 살 때 쓰레기나 다름없는 걸 훔치려고 다른 집 개구멍으로 기어들어 갔던 게 기억나요. 왜 그랬는지 모르지만, 난 항상 그런 식이었어요. 어떻게 키워도 타고난 게 이겨요.

그레그 퍼라티 살인을 한 뒤로 한 번이라도 아들을 만난 적이 있나요?

에런 매키니 갇힌 뒤로는 한 번도 못 봤어요.

그레그 퍼라티 (포즈) 음, 네. 어, 우리 시간이 다 된 것 같아요, 에런. 가기 전에, 여기서 절대로 나가지 못할 거라고 말했지만, 만약에 나간다면, 만약에 나가게 된다면, 어디로 가고 싶어요?

에런 매키니 씨발, 모르겠어요. 이탈리아, 아니면 독일. 진짜 독일에 관심이 많거든요. 그렇지만 아마 거긴 못 갈 겁니다. 왜냐하면 듣기로는 지금 내가 하고 있는 문신이 있으면 진짜 체포당할 수도 있대요. 스와스티카swastika를 새겼고, '나치NAZI'라고 등허리 쪽에 새겼거든요, 옛날 영어 글자체로 크게요. 보면 끝내줘요. 요즘 독일에선 그런 걸로도 감옥에 간다고 들었어요. 이탈리아는 아름답죠. 진짜 이탈리아를 보고 싶거든요. 텍사스에 있을 때 항상 여행 채널을 봤는데, 이탈리아를 보여 줄 때가 항상 제일 좋았어요. 여긴 여행 채널이 없어요. 여긴 방송국이 열 개밖에 안 나와요. 뉴욕도 진짜 보고 싶어요. 고층 건물 좋아하는데 거긴 거의 다 그렇잖아요. 거기서 온 거 맞죠, 그렇죠? 당신들은 운이 좋은 거예요. 뉴욕에 가서 바다에서 고층 건물을 보면 좋겠어요.

그레그 퍼라티 네, 전 뉴욕 정말 좋아합니다. 거긴 꽤 근사하죠.

에런 매키니 그래서 여기 버지니아로 오는 동안 계집애 좀 만났어요?

그레그 퍼라티 에런, 내가 동성애자라는 거 알 텐데요. 알아차렸을 거라고 보는데요.

에런 매키니 네, 처음 봤을 때 어쩌면 그럴 거라고 생각했지만, 아무 말도 하고 싶진 않았어요. 왜냐하면 당신 기분 나쁘게 하고 싶지 않거든요.

그레그 퍼라티 난 그런 걸로 기분 나쁘지 않아요.

에런 매키니 네, 좋네요.

그레그 퍼라티 음, 에런, 만나 줘서 정말 고마워요.

에런 매키니 당연하죠. 말했지만, 로저 신부님 친구잖아요. 잘 가요.

그레그 퍼라티 당신도요. 잘 지내세요.

순간: 주디 셰퍼드

모이세스 코프먼 가해자 두 명에 대한 재판이 이루어졌던 십 년 전에, 우리는 래러미에서 주디와 데니스 셰퍼드를 만났습니다. 두 분이 법정에서 재판 과정을 보고 나서 끝없는 기자 회견과 언론 보도를 맞닥뜨려야 하는 걸 날마다 보았습니다. 2009년 7월 11일이 되어서야 주디와 같이 앉아 이야기할 수 있게 되었습니다. (주디에게) 주디, 재판에서 뵈었을 때 당신은 아주 조용한 분이셨어요. 사람들 앞에서 이야기하고 싶어 하지 않으셨어요. 그렇지만 이제 누구나 아는 유명인사가 되셨죠. 전국을 돌아다니며 강연을 하고 법률 개정을 촉구하면서 클린턴과 오바마도 만나고 계십니다. 왜 이렇게 변하신 건가요?

주디 셰퍼드 전 그냥 하는 거예요…. 아이들이 다치면 어머니가 하는 일이죠.

맷이 죽고 나서 대중 앞에서 이야기하기 시작했는데, 사람들의 눈에 공포만 가득했어요. 특히 젊은 사람들이요. 그 애들은 자신들이 어디서 살든 맷에게 일어난 일이 자기들한테도 쉽게 일어날 수 있는 일이란 걸 알고 있었어요.

사람들이 저에게 그래요. 뭔가 해야지. 뭔가 하셔야 합니다. 난 뭔가 특별한 걸 해 왔다고 생각하지 않아요. 그냥 이야기를 한 거예요. 맷의 이야기가 계속 살아 있게 한 것뿐이에요.

모이세스 코프먼 (포즈) 맷에 대해 얘기해 주시겠어요?

주디 셰퍼드 음, 맷이 여덟 살일 때 전 그 애가 동성애자라는 걸 확실히 알았던 것 같아요. 가끔은, 뭔가 속으로 느껴지곤 했죠. 핼러윈 때 돌리 파톤Dolly Parton으로 분장한다거나, **세 번**이나요. 그 애는 정말 공들였다니까요. 점점 더 나아지는 거예요. 언제나 연기에 대해 아주 진지했거든요. 「우리 읍내Our Town」에서는 남동생 역할을 했어요. 열여덟 살이 되자, 한밤중에 전화를 해서는 말하는 거예요, '엄마, 나 할 말이 있어.' 내가 맨 처음 한 말은, '나한테 말하는 데 왜 그렇게 오래 걸렸니?'였어요. 그리고 그 애는 '어떻게 알았어?'라고 물었고, 내가 대답했죠. '엄마는 알아.'

모이세스 코프먼 주디, 우리가 이번에 매키니를 만난 거 아세요?

주디 셰퍼드 네, 알아요. 지금에 와서 그 사람이 뭐라고 말할지 들어 보면 관심이 갈 것 같네요. (포즈) 데니스와 제가 에런 매키니를 위해 선고 논의에서 사형을 제외시켜 달라고 탄원을 했던 건… 그저 다른 사람의 아들 목숨을 앗아 가는 걸로는 어떤 것도 바로잡을 수 없다고 생각했기 때문이었어요. 그리고 맷이 그러길 바랄 것 같지 않았어요. 그렇다고 온전히 이타적인 마음으로 그런 건 아니었어요. 사형을 논의에서 빼 버리면 다시는 매키니 문제에 상관할 일이 없어질 거라는 걸 알았거든요. 항소도 없고, 아무것도 없을 테니까요. 그냥 지워 버릴 수 있는 거죠. 그리고 맷의 동생인 로건이 평생 그 일에 끼어들지 않게 되길 바랐죠. 그냥 그 사람은 없는 사람이 되었으면 하고 그래서, 매키니가 「20/20」에 나왔을 때 생각했어요. 이게 바로 우리가 바라지 않았던 그 일이야. 여기 다시 나와서 진실이건 아니건 자기가 원하는 대로 말하는 거. 자기 이야기를 바꿔 가면서 말이야.

모이세스 코프먼 이야기를 바꿔 버린 게 정말로 래러미를 움직였던 것 같더군요.

주디 셰퍼드 네, 들려요. 사람들의 목소리에서 증오가. '강도사건이래. 왜 증오범죄라고 했던 거야?' 아직까지도 사람들이 「20/20」 이야기를 인용하는 걸 직접 들어요! 그래서… 놀랍지 않아요. 사람들에 대해서 너무 많이 알게 되었거든요. 기분이 더 나아질 수만 있다면, 사람들이 어디까지 믿으려고 하는지, 자신들을 더 낫게 만들고 자신들이 지키고 싶어 하는 스스로의 모습에 맞을 수만 있다면, 어떤 식으로까지 사실을 해석하는지를요.

그냥 래러미만이 아니에요, 전국적으로도 다 그래요.

모이세스 코프먼 네.

주디 셰퍼드 하원에서 증오범죄 법안을 논의할 때 데니스와 난 방청석에 있었어요. 버지니아 폭스가 맷의 죽음을 '거짓말'이라고 했을 때요. 그렇지만 솔직히, 그럴 거라고 생각하고 있었죠. 반대편으로부터 항상 듣는 단어거든요, 증오범죄가 아니라는 거. 똑같은 '이야기 바꾸기'가 나온 거죠. 또다시요.

모이세스 코프먼 재판에서 본 당신을 정말 생생하게 기억하는데요. 지금 이렇게 당신을 보면 같은 사람이라고 보이지 않을 정도예요.

주디 셰퍼드 네. 그때보다 지금 난 더 화가 나 있어요. 왜냐하면 여전히 일어나고 있거든요. (조용히 울기 시작하지만, 눈물에 지지는 않는다.) 미안해요.

그래서 여기 십 년이라는 표식에서 여전히 싸우고 있고 계속 이렇게 싸울 수 있도록 적응해야만 합니다. 안 그러면, 일어났던 모든 게 헛된 일이 될 거라는 그 느낌! 그렇게 되게 하지 않을 겁니다. 더구나, 일을 해야 살아갈 수 있어요! 맷을 잃어버린 걸 대처하는 방법이죠. 언제까지라도 그 애를 제 옆에 둘 수 있으니까요. 그리고 사람들하고 이야기하면 그들이 말하죠. '어, 이젠 보내 줄 때라고 생각하지 않으세요? 그렇게 하신다고 맷이 살아나는 것도 아닌데요.' 그러면 제가 대답하죠. '이렇게 하는 게 그 애를 살아 있게 하는 거예요! 바로 그거예요!' 정말로 그런 걸요. 그리고 전 계속해서 똑같은 근사한 이야기들을 계속하는데, 친구들은 이렇게 말하지 않아요. '주디, 그 얘기 어제도 그저께도 그 전날에도 나한테 했어.' 전 계속 같은 이야길 할 수 있는 거예요.

서술자 2010년 10월 28일, 주디와 인터뷰를 한 지 몇 달 지나지 않아서, 버락 오바마 대통령은 '매슈 셰퍼드와 제임스 버드 주니어 증오범죄방지법'을 제정하는 것에 서명했습니다.

순간: 유산

앤디 패리스 땅 주인이 매슈 셰퍼드가 발견된 곳의 울타리를 철거했을 때, 그 울타리 일부를 다른 울타리에 섞어 넣었다고 들었습니다. 그래서 아무도 원래 울타리 조각들이 어디 있는지를 알지 못합니다. 조너스 슬로너커입니다.

조너스 슬로너커 장소가 어딘지를 기억해서 아직도 다시 가 보곤 해요.

그리고… 네, 울타리는 없어졌어요. 십 년이 지났고 울타리는 사라졌습니다…. 그리고 십 년간 눈과 비가 거길 씻어 내렸어요. 제 말은, 그냥 장소예요, 결국엔 그렇죠. 그리고 더 이상은 가지 않기로 결심했어요. 보내 줘야만 했어요.

서술자 데이브 오맬리입니다.

데이브 오맬리 (사진을 들고) 아들이 찍은 울타리 사진이고, 몇 사람들이 거기에 가서는 일종의 추모비 같은 걸 만들었고… 제가 여전히 경찰서에서 근무하고 있었을 때 얼마나 많은 사람들이 울타리를 방문하러 마을로 왔는지는 모르겠어요. 그런데 기억나는 게, 좀 나이가 든 남자분이 군대에서 삼십 년을 보냈다는데, 내내 자신의 성정체성을 감추고 있어야만 했대요. 그리고 맷의 죽음이 엄청난 충격을 준 겁니다. 버몬트에서 오셨다고 어느 날 그냥 나타나서, 내가 울타리로 모시고 갔어요. 여러 명을 그 울타리도 안내했는데, 그 사람들한테는 중요한 일이었어요. 거길 보려고 래러미까지 그 먼 길을 올 만큼 그 사람들한테는 중요한 거죠! 아시겠어요? 그런데 범죄 현장 사진 말고는, 이게 내가 가진 유일한 울타리 사진이에요.

서술자 여행의 마지막 날을 짐을 챙기며 보냈습니다. 마지막 래러미 방문입니다. 그러면서 이 이야기를 어떻게 말해야 할지 혼자서 생각해 보고 있었습니다. 그리고 우리가 만난 사람들, 그리고 매슈에 대해 생각합니다.

로메인 패터슨입니다.

(다른 모든 배우들이 무대를 떠난다. 로메인이 무대에 남은 마지막 의자에 앉아 있다.)

로메인 페터슨 십 년이 되는 올해 기일에 사람들이 우리 집 근처에서 철야기도회를 열었습니다. 그리고 정말로 가고 싶었지만 어떤 이야기를 하고 싶진 않았어요. 그냥 가서 사람들 속에서 아무도 모르는 사람으로 있고 싶었어요…. 십 년이 지났어요…. 그리고 그냥… 그게 정말, 요즘이 되어서야 맷이라는 사람에 대해 슬퍼하기 시작했어요. 처음 몇 년간은 그럴 여유가 없었어요. 앉아서 상실의 무게를 느낄 기회가 없었습니다.
세월이 지나면서… 전 말하자면 매슈를 두 가지 방식으로 규정해 왔어요. 제가 알았던 저의 좋은 친구였던 맷이 있고, 그런 다음 매슈 셰퍼드가 있어요. 그리고 매슈 셰퍼드는 맷과 아주 달라요. 매슈 셰퍼드는 우리 역사에 일어났었던 증오범죄의 상징이고, 매슈 셰퍼드는 꼭 맷이라기보다는, 그 일에 대한 공동체의 반응, 뒤따랐던 언론, 범죄에 대한 어떤 이름이지만, 꼭 맷은 아닌 겁니다. 그리고 그건 꼭 해야만 하는 구분이었어요. 그 폭풍우를 지나며 몇 년에 걸쳐 제 길을 만들어 오면서요. 그렇게 해서 전 제가 아는 맷을 여전히 잡고 있을 수 있지만, 또한 매슈 셰퍼드와 그 이야기의 중요성을 인식할 수 있고 어떻게 이야기되어 왔는지, 그리고 계속해서 어떻게 이야기되어야 하는지를 깨달을 수 있는 겁니다.
(로메인이 일어나서 무대를 나간다. 텅 빈 의자에 빛이 비춘다. 암전)

옮긴이의 주註

래러미 프로젝트

1. 「박람회의 노래Song of the Exposition」. 1871년 과학과 발명 증진을 위한 뉴욕시 미국협회의 산업박람회에서 휘트먼이 낭송한 시로, 시집 『풀잎Leaves of Grass』에 수록되었다.
2. 빅토리아 시대의 작가였던 오스카 와일드는 1895년, 알프레드 더글러스 경을 비롯한 '다른 남성과 거대한 외설Gross Indecency을 범했다'는 이유로 재판을 받고 형을 선고받았다. 항문성교, 구강성교, 수간 등의 특정 성행위를 거대한 외설로 보고 범죄로 처벌하는 법령이었지만 이성애자들에게는 거의 적용되지 않았으며, 대부분 동성애자들을 처벌하는 데 사용되었다. 이 법령은 1885년부터 시행되어 1967년 영국과 웨일스 지역부터 폐지되었고 스코틀랜드에서는 1980년 폐지되었다.
3. 모이세스 코프먼이 1997년 오스카 와일드의 재판 기록을 토대로 쓴 희곡이다.
4. 1993년 텍사스 웨이코의 다윗교 신자들 거주지에서 참사가 일어났다. 불법무기 소지 혐의로 경찰이 체포를 시도하자 다윗교 신자들은 미군과 미국경찰에 맞서 저항했고 결국 오십일 일의 작전 끝에 교주를 포함한 일흔 여섯 명이 사망했다.
5. 1998년 텍사스 재스퍼에서 제임스 버드 주니어가 백인 인종차별주의자들에게 살해당하는 사건이 일어났다. 범인 세 명은 제임스 버드 주니어를 픽업트럭에 매달아 약 5킬로미터를 끌고 다녔다. 의식이 남아 있었던 버드는 결국 튀어나온 지하 배수로에 찔려 오른쪽 팔과 머리가 잘려 사망했다. 매슈 셰퍼드와 함께 제임스 버드 주니어는 증오범죄방지법Matthew Shepard and James Byrd Jr. Hate Crimes Prevention Act을 입안하는 데 중요한 상징이 되었다.
6. 1940년대와 1950년대 미국에서 인기를 끌었던 가수 페기 리Peggy Lee의 노

래인 「기차보관소로 달려가 넬리Run for the Roundhouse Nellie」를 개사해서 부르고 있다.

7. 프라이드 퍼레이드Pride Parade 주간을 말한다. 프라이드 퍼레이드는 성소수자LGBTQ: Lesbian, Gay, Bisexual, Transgender, Queer들의 문화와 프라이드를 드러내기 위한 축제이다. 종종 이 시기에 동성 결혼과 같은 성소수자의 정치적 입장을 밝히며 관심을 촉구하기도 한다.
8. 유니테리언교는 삼위일체를 인정하지 않고 성부만으로 신의 존재를 인정하는 기독교의 한 분파이다. 침례교는 신약성서를 신앙의 최고 권위로 삼고 신약성서의 원리들을 보존하는 것을 강조한다. 독립된 기독교로 출범한 모르몬교는 브리검 영 목사가 유타 주에 종교 공동체를 설립한 이후 지금까지도 유타 주와 와이오밍 주에 큰 문화적 영향력을 끼치고 있다.
9. '평등의 주Equality State'는 와이오밍 주의 별칭이다.
10. 매사추세츠 주 보스턴에 있었던 가장 큰 실내 유원지로, 현재는 문을 닫았다.
11. 토미 힐피거Tommy Hilfiger를 잘못 읽은 것이다.
12. 중서부에서 흔히 볼 수 있는 야외 식당.
13. 1881년부터 발행된 래러미의 지역 일간지.
14. 1989년에서 1999년까지 방영되었던 미국의 뉴스 쇼로 선정적이고 자극적인 보도를 하는 것으로 유명했다. 유명인사의 가십이나 사회의 폭력적 범죄 등을 공격적으로 취재해서 방영하는 경우가 많았다.
15. Dan Rather. 1981년부터 2005년까지 이십사 년간 시비에스CBS 저녁 뉴스 앵커를 했다.
16. 에이즈와 같은 레트로바이러스계 질병의 예방 치료에 쓰이는 약품. 지도부딘Zidovudine이라고도 한다.
17. 1892년부터 발행된 콜로라도 주 덴버 시의 일간지.
18. M.C. Escher. 네덜란드의 그래픽 아티스트로 수학적 개념을 토대로 무한 공간과 시각적 환영을 이용한 그림을 그렸다.
19. 1779년 출판된 기독교 찬송가로 미국인들에게 가장 익숙하고 널리 알려진 곡이다.
20. 미국형법에서 형량은 동시에 집행되거나 한 번의 집행이 끝난 후 연속적

으로 순차 집행될 수 있다. 동시 집행될 경우 감형 시 유리하며, 순차적으로 집행될 경우 한 번의 형량에서 감형이 되더라도 다음 형량에 영향을 끼치지 못한다.

21. 1978년 시장인 조지 모스콘Georg Moscone과 시의회 의원인 하비 밀크Harvey Milk를 살해한 전 시의회 의원인 댄 화이트Dan White에게 일급 살인죄가 적용되지 않았다. 그 당시 많은 언론에서 댄 화이트가 설탕이 과다 함유된 트윙키를 많이 먹고 판단이 흐려져서 살인을 했다고 보도하면서 비난 여론이 들끓었다. 하지만 실제로는 우울증으로 인한 심신미약을 주장하여 고의적 살인으로 평결을 받았다.
22. 미국에 기반을 둔 국제 유대인 비정부 조직이다. '반유대주의를 비롯한 모든 형태의 편견과 싸우며 민주적 이상을 옹호하고 모두를 위한 시민권을 보호한다'라는 이념을 내세운다.

래러미 프로젝트: 십 년 후

1. 등장인물에 고등학교 교사인 니키 엘더가 누락되어 있다.
2. 2001년에서 2009년까지 미국의 부통령을 재임했다.
3. 미국의 다국적 기업으로 가장 큰 유전 사업체 중 하나이다. 2000년에 딕 체니가 시이오CEO로 재직했다.
4. 미국의 캐주얼 다이닝 체인으로, 텍사스식 멕시칸 식당이다.
5. 법적 결혼 유무, 동거인의 성별과 상관없이 현재 동거인이 가족의 혜택을 받을 수 있도록 보장해 주는 정책.
6. 미국 에이비시ABC 방송국의 심층 뉴스 프로그램.
7. 한국에서 흔히 '필로폰'이라고 불리는 마약류 각성제.
8. Public Broadcasting Service. 미국의 비영리 공영방송망.
9. 메텀페타민.
10. The Defense of Marriage Act (DOMA). 동성 간의 결혼을 금지하고 이성 간의 결혼만을 법적으로 인정하고 보호한다는 법률이다.
11. Proposition 8 (Prop 8). 동성 결혼을 제한하기 위해 만들어진 의제였으나 2008년 캘리포니아 주에서 주민 투표로 위헌 판정을 받았다.
12. 2005년, 이안 감독의 동성애자 카우보이 간의 이루지 못한 사랑을 그린 영

화이다.

13. 공화당원으로 처음 선출된 이후, 현재까지 노스캐롤라이나를 대표하는 하원 의원으로, 2009년 매슈 셰퍼드 사건은 증오범죄가 아니라고 주장하면서 '매슈 셰퍼드 증오범죄'의 입안을 반대했다. 후에 그 당시 사용한 '거짓말hoax이라는 단어를 취소'하고 '매슈 셰퍼드 살해사건은 비극적인 사건이며 가해자들은 법의 정당한 심판을 받았다'고 말했다.
14. 실제 방문 당시, 그레그는 에런과 가로막힌 칸막이 너머로 악수를 했다.

옮긴이의 말

살아 있도록, 그리고 기억하도록

1998년 10월 6일 미국 와이오밍 주의 래러미에서 매슈 셰퍼드Matthew Shepard는 구타와 고문을 당하고 도시 외곽에 묶인 채로 버려졌으며, 엿새 후 콜로라도의 푸드르 밸리 병원에서 사망했다. 가해자 에런 매키니와 러셀 헨더슨은 일급 살인 혐의로 이중종신형을 선고받았다. 매슈 셰퍼드의 성정체성으로 인한 증오범죄였는지를 두고 서로 다른 의견으로 미국 전역이 들끓었다. 검사 측은 동성애 혐오에서 비롯된 계획 살인으로 보았고 변호인 측에서는 동성애에 대한 공포로 인한 일시적 정신이상을 이유로 들며 매슈 셰퍼드가 가해자들에게 성적으로 접근했기 때문에 우발적으로 일어난 사건이라고 항변했다.

이 사건으로 미국에서 증오범죄에 대한 관심과 입법화 움직임이 빨라졌다. 2009년 오바마 대통령은 '매슈 셰퍼드 재단'을 이끌며 인권운동을 하는 매슈 셰퍼드의 어머니 주디 셰퍼드를 백악관으로 초청해 증오범죄방지법에 대한 공감을 표했고, 마침내 2009년 10월, 미국 의회는 매슈 셰퍼드 법령이라는 이름으로 불리기도 했던 증오범죄방지법을 통과시켰다.

「래러미 프로젝트The Laramie Project」는 모이세스 코프먼Moisés Kaufman과 '텍토닉 시어터 프로젝트Tectonic Theater Project' 극단원들이 매슈 셰퍼드가 폭행 살해된 사건을 토대로 만든 희곡으로 2000년 초연되었다. 단원들은 사건을 래러미 주민들의 눈을 통해서 다시 이야기하면서 어떻게 미국이 동성애 증오를 키워 왔으며 이런 범죄를 용인하게 되었는지, 그리고 어떤 태도로 반성해야만 하는지를 차분하고 공정하게 보여 준다. 여덟 명의 배우들이 본인뿐만 아니라 래러미 주민과 연관 인물 육십여 명을 무대에서 재현해내면서 예술이 사회문제에 어떻게 참여할 수 있는지를 잘 보여 준 수작이다. 현재 미국에서는 인권과 톨레랑스tolerance에 관한 교재로도 사용되고 있으며 영국에서는 중등과정 문학 교재로도 지정되어 있다. 그렇지만 여전히 공연되는 극장 앞에서 반反 엘지비티LGBT 시위가 벌어지는 경우가 많으며, 러시아에서는 공연을 앞두고 갑작스럽게 취소되기도 했었다. 2009년 텍토닉 시어터 프로젝트는 「래러미 프로젝트: 십 년 후」라는 공연으로 십 년 후 래러미에는 어떤 일이 일어났는지, 그리고 미국은 얼마나 바뀌었는지, 또는 여전히 바뀌지 않았는지를 보여 주면서 다시 한번 「래러미 프로젝트」와 매슈 셰퍼드 사건에 대한 관심을 불러일으켰다.

「래러미 프로젝트」가 미국이 받은 충격을 통해 사건의 의미를 읽어내고자 했다면 「래러미 프로젝트: 십 년 후The Laramie Project: Ten Years Later」는 증오범죄를 겪은 공동체가 상처를 치유하는 과정에서 뱉어내는 피곤함과 여전히 오지 않는 미래에 대해 좀 더 주목한다. 모든 공동체는 잊고 싶을 정도로 힘든 사건을 겪어야만 하는 순간이 생길 때가 있다. 그리고 공동체는 그 사건을 통해, 또는 그 사건을 기꺼이 안은 채로 새로운 선택을 하고 새로운 길을 만들어 나가야만 한다. 「래러미 프로젝트: 십 년 후」는 사건 자체를 넘어서서 그 사건을 짊어지고 가야 하는 공동체의 선택과 삶에 대한 기록이다. 십 년이 지났지만 세상은 그만큼 좋아지지 않았다. 그리고 사람들은 이제 매슈 셰퍼드 사건이 동성애 증오범죄가 아니라 마약 거래가 잘못되어 일어난 폭력배들의 싸움일 뿐이라는 소문을 더욱 믿고 싶어 한다. 십 년의 수감생활을 겪은 범인들은 십 년의 체념과 십 년의 분노로 세상을 바라볼 뿐이다. 「래러미 프로젝트」와 「래러미 프로젝트: 십 년 후」는 힘든 사건을 겪어낸 사람들이 어떤 길을 선택해서 성장하는지, 또는 어떤 길로 가서 주저앉는지 보여 주는 담담한 기록이다. 매슈 셰퍼드를 기억하는 사람들은 계속해서 증오범죄방지법의 입법화를 위해 싸우고, 생활동반자보호법을 위해 힘을 모은다.

예술은 직간접적으로 그 예술이 만들어진 사회를 반영하고 관계를 맺는다. 그중에서도 특히 이 두 편의 희곡처럼, 일어난 사건과 그 사건에 대한 사회의 반응을 기록과 인터뷰를 통해 재구성하는 다큐멘터리 연극, 또는 서사극과 같은 장르는, 보다 직접적으로 문제제기를 하고 관객들의 사회 인식에 질문을 던질 수 있다. 이러한 연극은 단지 이야기 소재나 말하고자 하는 주제에서만 그러한 인식의 전환을 요구하지 않는다. 자신들이 말하고자 하는 것을 더욱 효과적으로 전달하기 위해서 이야기를 만들고 전달할 때 기존의 연극과 다른 방식을 택한다. 그중 아마 가장 많이 알려진 것이 피스카토르E. Piscator가 택한 다큐멘터리 연극이나 브레히트B. Brecht가 소외효과alienation effect를 사용해 무대에 올린 서사극일 것이다. 이러한 연극들은 이야기의 몰입을 방해하기 위해서 신문 기사나 현실의 이미지를 삽입하거나, 지금 무대에서 벌어지고 있는 이야기가 허구라는 것을 일깨워 주려고 극 중간에 인물들이 관객에게 직접 말을 걸거나 이야기와 거리를 두게 한다. 그렇게 함으로써 자신들이 전달하려는 주제가 바로 극장 바깥에서 여전히 벌어지고 있는 현실임을 드러내고, 그 현실을 바꿀 수 있는 힘을 가진 '사회구성원'인 관객에게 다시 한번 자신이 살고 있는 사회와 스스로에 대해 생각해 보도록 요구한다. 특히 「래러미 프로젝트」와 「래러미 프로젝트: 십 년 후」는 계몽적 결말을 제시하는 대신 주변 사람들의 목소리를 통해서 그 사건을 재구성하는 방식으로, 엉켜 있는 현실과 우리가 해야 할 몫을 생각하도록 해 준다.

텍토닉 시어터 프로젝트가 '순간 작업moment work'이라고 부르는 작업 방식은 '사건을 그 자리에서 본 사람들의 말을 조합해 재구성'하는 브레히트의 말에서 끌어낸 연극적 장치이다. 그런 이유로 이 희곡들은 한 사람의 작가가 아니라 대표 작가, 드라마투르그, 그리고 배우들의 공동 창작으로 만들어졌다. 배우들이 무대에서 재현할 실제 인물을 직접 만나서 그 경험을 수집해 오면, 단원들은 그 경험을 극 구조로 구성하고 의미를 찾아내는 드라마투르그dramaturg의 역할을 했다. 그런 다음, 그 구조를 채워 넣는 공동 글쓰기를 거쳐 희곡을 완성해 나갔다. 연극의 전통적인 단위 대신 '순간'으로 불리는 연극적 장면들을 병치함으로써 전통적인 플롯으로 주제를 드러내는 것이 아니라 다양한 이미지와 목소리로 주제를 구축해 나간다. 여러 사람들의 말로 무대가 채워지면서 단선적인 이야기를 따라가는 것이 아니라 이야기가 쌓여 나가는 과정을 보게 된다. 특히 이 두 편의 희곡은 배우가 아니라 사건을 겪은 사람들의 목소리를 그대로 무대에 올린다. 그렇기 때문에 두 편의 희곡은 단지 눈으로만 '읽는' 희곡이 아니다. 육십 명이 넘는 사람들의 주저하는 목소리와 숨소리, 그리고 튀어나오는 분노와 공포가 그들의 말이 아니라 지나치게 많은 쉼표와 반복되는 연결사, 그리고 말과 말 사이의 짧은 주저함과 멈춤을 의미하는 포즈pause 속에서 들리도록 하면서, 「래러미 프로젝트」와 「래러미 프로젝트: 십 년 후」는 우리를 생각하도록 한다. 이제 우리는 무엇을 해야 하는지. 어떻게 해야만 하는지를.

2017년 11월 12일, 첫 공연이 이루어진 지 십칠 년 만에 한국에서 낭독공연의 형태로 「래러미 프로젝트」가 소개되었다. 성소수자 인권단체 '신나는 센터'가 공연 제작에 참여하고 신나는 센터의 김승환 이사가 적극적으로 일을 추진하면서 공연과 출판에 대한 계획이 본격화되었다. 극단 '북새통'의 남인우 연출과 함께 서울시청의 시민청 '바스락홀'에서 낭독공연을 올렸다. 그리고 2018년 11월 3일 「래러미 프로젝트: 십 년 후」 낭독공연이 서울 프라이드 영화제의 폐막 행사로 진행된다. 「래러미 프로젝트」를 한국의 무대에서 듣기 위해 오랜 시간이 걸렸다는 사실만큼 현재 우리의 상황을 잘 드러내 주는 단서도 없을 것이다.

공연은 언제나 '지금 여기서 왜?'라는 질문으로 시작한다. 희곡을 선택하고 어떤 방식으로 무대에 올릴지를 결정하면서 연습실에서 배우들과 가장 먼저 하는 질문이기도 하다. 「래러미 프로젝트」를 번역하면서 내가 했던 질문도 마찬가지였다. 지금 한국에서 해야만 하는 이유는 무엇인가? 우리는 왜 이 희곡에서 제기하는 문제가 여전히 낯설지 않은가? 1998년에서 이십 년이 지난 한국은 얼마나 멀리 왔으며 2009년의 미국과 2018년의 한국은 얼마나 달라졌는가?

미국에서는 「래러미 프로젝트」가 처음 무대에 오른 이후 꽤 큰 변화가 이어졌다. 2009년 증오범죄방지법이 만들어졌고 2015년 동성 결혼은 대법원에서 합헌으로 승인받았다. 한국에서는 아직 동성결혼이 법적으로 허용되지 않고 있으며 차별금지법에서 엘지비티 인권에 관한 조항은 여전히 논의되지 못하고 있다. 여전히 한국에서 성소수자의 인권은 '나중에'라는 말로 인권 사각지대로 내몰린다. 앞으로 이십 년이 지난다면, 우리는 어떤 사회를 가질 수 있을까?

혐오는 무지와 공포로 만들어진다. 모른다고, 무섭다고 몰아낸다면 우리의 세계는 점점 좁아질 뿐이다. 동성애자는, 양성애자는, 트랜스젠더는, 여성은, 장애인은, 결혼이주여성과 그 자녀들은, 비장애인이나 남성이나 이성애자와 마찬가지로 이 사회를 이루는 중요한 구성원이자 동등한 권리와 의무를 부여받은 국민들이다. 매슈 셰퍼드는 이 책에 실린 두 편의 희곡에 등장할 수 없었지만 기념비적인 공연을 만드는 계기가 되었고, 미국 동성애자인권운동의 중요한 상징이 되었다. 자신과 같은 삶을 지키기 위해 죽음으로 기억되는 상징이 된다는 것만큼 슬픈 일은 없다. 이제 우리는 죽음으로, 체포와 형벌로 소수자를 기억해서는 안 된다. 비록 힘든 상황일지라도 더 나아지리라는 희망으로, 우리가 살아남은 건 바로 우리와 같은 사람들을 살리기 위해서라는 생각으로, 살아남은 이야기를 하는 한국의 '래러미 프로젝트'를 해 보려고 한다. 이 작은 책으로 더 많은 소수자에 대한 논의, 관심, 그리고 모든 소수자들이 동등한 권리를 누릴 수 있는 차별금지법에 대한 논의가 이루어질 수 있기를 바란다. 이 모든 바람이 그렇게 큰 바람이 아니길 희망하면서.

지난 세기 동안 한국은 아주 빠르게 성장했다. 그 성장의 시간 동안 많은 일을 겪었고 어떤 일은 잊고 싶을 만큼, 어떤 일은 부정하고 싶을 만큼 힘들고 괴로웠다. 이제 우리는 하나의 공동체로서 어떻게 그 일을 겪고, 기억하고, 그런 다음, 어떻게 성장해서, 그리고 어떤 길을 선택해서 다음 세대에게 어떤 문을 열어 줄 것인지를 이야기해야만 한다. 「래러미 프로젝트」와 「래러미 프로젝트: 십 년 후」는 바로 그렇게 만들어진 역사의 이야기이다. 그리고 지금도 만들어지고 있는 역사의 순간들이기도 하다.

「래러미 프로젝트」와 「래러미 프로젝트: 십 년 후」는 의도적으로 사람들의 목소리를 듣도록 고안된 희곡이다. 「래러미 프로젝트」의 많은 목소리들을 무대에서 들을 수 있도록 남인우 연출과 김영환, 김왕근, 김현균, 신현실, 오유진, 이상홍, 이원호, 이진아, 최다은, 황상경, 황아름 배우가 두 번의 낭독공연을 만들어 주었다. 그리고 이 책을 함께 만들어 준 열화당 여러 분들이 아니었다면 그 목소리들은 제대로 읽히지 못했을 것이다. 이 모든 사람들에게, 그리고 처음 이 희곡을 공연할 수 있도록 해 준 신나는 센터의 김승환 이사에게 고마움을 전한다. 이 책을 내 아버지에게 드리고 싶다. 선한 의지로 세상을 향해 질문하고 답을 기다릴 수 있도록 날 길러 주셨다. 당신이 아니었다면 나는 내가 아니었을 것이다.

2018년 10월
마정화

모이세스 코프먼Moisés Kaufman, 1963-은 극작가이자 연극연출가이다. '텍토닉 시어터 프로젝트'의 공동 창립자이자 예술감독이기도 한 그는 희곡 「서른세 개의 변주곡33 Variations」 「한 팔One Arm」 「런던 모기들London Mosquitoes」 등을 썼고, 「상속녀The Heiress」 「바그다드 동물원의 벵골 호랑이Bengal Tiger at the Baghdad Zoo」 등을 연출했다. 연출작 「나는 나의 아내다I Am My Own Wife」로 오비 상을 수상했으며, 토니 상, 에미 상, 아우터 비평가 상, 루실 로텔 상과 드라마 데스크 상에 후보로 올랐다. 그가 각색·감독한 「래러미 프로젝트」는 2002년 선댄스 영화제의 개막작으로 선정되었고, 또한 베를린 영화제의 특별상Special Mention을 수상했고 최우수 감독과 최우수 작가 부문에서 두 번의 에미 상 후보에 올랐다.

텍토닉 시어터 프로젝트Tectonic Theater Project는 1991년 모이세스 코프먼과 제프리 라호스트가 창단한 극단으로, 사회, 정치, 사람들의 이야기를 예술적 대화artistic dialogue로 만드는 작업에 매진하고 있다. 이를 위해 독서, 워크숍, 연극 공연을 지원하고, 극단만의 연극 만들기 방식을 미국 전역의 학생들에게 가르친다. 전통적인 연극 요소(빛, 소리, 소도구, 텍스트)를 독특한 방식으로 탐색하면서 연극을 분석하고 만드는 방식인 '순간 작업moment work' 교육이 그것이다. '래러미 프로젝트' 두 연극이 만들어지기도 한 이 과정은 작가, 배우, 디자이너와 연출이 협업해 작품을 만들 수 있도록 해 준다. 대표작으로는 「거대한 외설: 오스카 와일드의 세 재판」 「래러미 프로젝트」 「서른세 개의 변주곡」 「한 팔」 「나는 나의 아내다」 등이 있다.

마정화馬禎嬅는 연극평론가, 드라마투르그로 현재 번역과 연극평론을 하고 있다. 번역, 드라마투르기를 한 작품으로는 「러브」 「단편소설집」 「네더」 「보이 겟츠 걸」 「랭귀지 아카이브」 「오페라 마농」 「말피」 「X」 등이 있다.

Originally Produced in New York City at the Union Square Theatre by Roy Gabay and Tectonic Theatre Project in Association with Gayle Francis and the Araca Group Associated Producers: Mara Isaacs and Hart Sharp Entertainment.

The Laramie Project was developed in part with the support of The Sundance Theatre Laboratory.

The Laramie Project: Ten Years Later was developed by the Tectonic Theatre Project.

래러미 프로젝트
그리고
래러미 프로젝트: 십 년 후

모이세스 코프먼과
텍토닉 시어터 프로젝트

마정화 옮김

초판1쇄 발행 2018년 11월 3일
초판2쇄 발행 2022년 4월 10일
발행인 李起雄 발행처 悅話堂
전화 031-955-7000 팩스 031-955-7010
경기도 파주시 광인사길 25 파주출판도시
www.youlhwadang.co.kr yhdp@youlhwadang.co.kr
등록번호 제10-74호 등록일자 1971년 7월 2일
편집 이수정 김성호 장한올 디자인 박소영
인쇄 제책 (주)상지사피앤비

The Laramie Project and
The Laramie Project: Ten Years Later

Published by Youlhwadang Publishers. Printed in Korea.

ISBN 978-89-301-0632-0 03840

*이 책에서는 아리따 글꼴을 사용했습니다.